Directeur, Édition : Nicolas Rivain
Directeur artistique : Bruno Lefebvre

Distribution : Les messageries ADP
© 1995, Vaugeois Éditeur inc.
Dépôt légal 1er trimestre 1995
Bibliothèque nationale du Québec
Bibliothèque nationale du Canada
ISBN : 2-9803583-4-7

Aux femmes de ma vie,
Madeleine, Rachel,
Élaine, Denise.

L'OASIS DE MATAWINIE

Pierre Cossette

1

Un brouillard transpercé de lumière s'élevait dans le ciel de Matawinie. Les timides rayons du soleil venaient à peine de vaincre la cime des arbres accrochés à flanc de montagne. Ragaillardi, le huart à la livrée vert chatoyant lançait son cri plaintif sur le lac aux eaux immobiles. Les notes mélodieuses de son chant se répercutaient dans le paysage matinal. Les réponses d'un congénère, issues d'un plan d'eau des alentours, enhardissaient le plongeon dans son concert.

Un personnage attentif, au visage boursouflé, observait la scène en aspirant les mille parfums de l'aube tranquille. L'homme semblait avoir vécu une nuit mouvementée, sa charpente parcourue à l'occasion des spasmes d'une fin de peine. Sa physionomie sereine pourtant respirait le calme, l'éveil de la nature en ce début de journée magnifique calmait son chagrin. François Berger était diplômé en ingénierie et, quelques jours auparavant, un événement était venu interrompre le rythme effréné de sa vie de jeune entrepreneur. Ce coup dur lui avait fait perdre sa compagne journaliste Claire Larouche, dans un accident d'avion. Le drame s'était produit au retour d'un reportage en Amérique du Sud. L'homme avait appris, incrédule, la triste nouvelle au téléjournal de fin de soirée. Sa peine était d'autant plus grande qu'ils avaient récemment pris la décision d'avoir un enfant.

François Berger se retrouvait donc seul tout à coup, même si la direction de son entreprise de meubles de bois oeuvré l'accaparait beaucoup; il se sentait un peu comme un navire au gouvernail brisé en pleine tempête. On était maintenant au surlendemain des funérailles, où amis et connaissances l'avaient entouré de leur soutien; mais malgré leur sympathie le calme n'était revenu en lui que ce matin-là. Toute la nuit, entre quelques accalmies, François Berger avait pleuré sa douleur, crié sa révolte. À la fin de cette veille passée aussi à ressasser des souvenirs heureux, et après avoir fait un bilan de son existence, il avait pris sa décision.

Il baissait les bras, lui, le bagarreur; il abandonnait ce mode de vie qui l'avait amené à perdre des moments précieux pour s'engager vers un avenir hypothétique. Ce matin, la mélopée de l'oiseau nageur au cou blanc avait les plus douces résonances à son cœur. Une larme, sans doute la dernière de son sac lacrymal, roula sur sa joue ornée d'une barbe nouvelle.

Il se leva et remonta le chemin en direction du bâtiment situé un peu plus haut dans le sous-bois. Une pensée lui traversa soudain l'esprit. Il savait qu'il s'engageait dès à présent sur des sentiers inconnus.

2

Après avoir apprivoisé sa douleur, François Berger songea à ce que sa vie allait devenir. Bien sûr, les lieux où il s'était réfugié posaient un baume sur sa peine, chaque journée amenant ses heures apaisantes. L'homme s'interrogeait cependant sur le silence des proches depuis la mort de Claire. Quelqu'un allait-il bientôt venir prendre de ses nouvelles, essayer de voir s'il avait survécu au drame ? Des questions sur Bosfor, son entreprise, lui trottaient aussi dans la tête. Il trouva une explication: le chalet où il se trouvait n'était connu que de quelques intimes.

Depuis le départ de sa compagne, François besognait rudement autour du chalet à la large verrière. L'homme aménageait les environs du bâtiment, un travail négligé par manque de temps ces dernières années. Vers la mi-journée, lorsque ses meilleures énergies s'étaient dispersées, il se laissait aller à la rêverie dans la grande balançoire sur le bord du lac. Le gros mobilier de bois au mouvement silencieux avait été choisi par Claire. Lorsqu'on s'y installait les jours où le vent faisait relâche, on pouvait aisément entendre le bruissement des ailes des libellules qui venaient effleurer l'eau.

Assis, l'homme entendit le bruit d'un véhicule provenant du haut du chemin. Quelques instants plus tard, d'une bagnole noire, qui ne lui était pas étrangère, deux hommes sortirent et se dirigèrent vers lui. L'un d'eux, le plus grand, était un de ses collaborateurs chez Bosfor, Raymond Demers; le deuxième, bedonnant dans son complet gris, ne disait rien à François. Il s'avança tout de même vers eux. Raymond tendit la main, un large sourire jusqu'aux oreilles, le personnage grassouillet fit de même.

« Voici M. Gingras, excuse-moi si je l'ai conduit ici, mais je ne pouvais faire autrement... Pas encore de téléphone ?

- Nous en avons parlé quelquefois, opina François, et tu sais bien ce que je pense là-dessus.

- Comment vas-tu, vieil exilé ?

- Pas trop mal, je commence à me faire une raison.

- Les gens s'inquiètent de ton absence à la shop, les affaires continuent de tourner mais une incertitude plane à ton sujet, les gars se demandent quand tu vas refaire surface. »

François Berger entraîna son interlocuteur à l'écart, en laissant M. Gingras aux soins d'un nuage de moustiques qui avaient trouvé sur sa peau suintante un invitant terrain de prélèvement.

« Écoute Raymond, j'ai beaucoup réfléchi depuis que je suis venu me réfugier à St-Zénon. Je ne suis pas allé au village depuis deux semaines, je me proposais sous peu de chercher des provisions et de vous faire part de ma décision. »

Le grand Demers écarquilla les yeux et roula son gorgoton pour se préparer à ce qui allait suivre.

« Je vends et je m'installe ici pour de bon. »

Raymond Demers parut ébranlé par les mots qu'il venait d'entendre, il laissa tomber :
« T'es pas sérieux François, j'ai-tu ben entendu, tu décroches ?

- T'as très bien entendu, tes oreilles ont l'air propres... J'y pensais depuis un bout de temps, la mort de Claire m'a donné le dernier allant.

- T'y penses pas, on a bâti Bosfor ensemble, on s'est brûlés dans le meuble, pis astheure que la bébelle marche, que tu pourrais assurer ton avenir, t'abandonnes...»

3

Les feuilles des arbres perdaient peu à peu de leur verdeur et le fond de l'air annonçait le changement de saison. François s'était laissé dorloter par un été plus clément qu'à l'habitude en Matawinie. Il avait partagé son temps entre le nettoyage du sous-bois, les excursions et la sculpture. Cet amour pour la forêt et tout ce qui en était issu lui venait de son grand-père Louis, fermier de l'arrière-pays. L'homme, un personnage coloré, avait passé le plus clair des soirées de sa vie à donner des formes au moindre morceau ligneux, sa dextérité avait toujours fasciné François qui le considérait presque comme un magicien. Pour cette raison, alors qu'il était encore enfant, lorsque sa famille était en visite chez le grand-père, il le regardait, hypnotisé, façonner le bois.

François aimait prendre entre ses doigts les copeaux, les rouler au creux de sa main, humer leur parfum. Le vieil homme l'avait surpris plus d'une fois à fouiller dans l'atelier pour trouver une œuvre rejetée dans la grosse boîte à rebuts, ou tout simplement à voir ce qu'il gossait. Lors de ses incursions dans cet univers rempli d'odeurs, François touchait tout, ciseaux, limes, couteaux, comme s'ils pouvaient lui communiquer un peu de l'habileté de son aïeul...

Un jour, il avait presque dix ans, son grand-père, qui lui avait paru mystérieux lors de ses visites précédentes, l'emmena dans sa « boutique », comme il l'appelait parfois. François se demandait quelle surprise il lui réservait. Le vieux Louis ouvrit la porte d'une grande armoire de laquelle il sortit quatre morceaux de bois ciselés, il les emporta sur l'établi et se mit en frais de les assembler. François l'observait en penchant la tête de gauche à droite pour essayer de voir ce que le grand-père zigonnait, mais celui-ci lui faisait dos, exprès. Une fois que le cliquetis des pièces de bois se fut estompé, le vieil homme, les mains derrière le dos continuait à jouer à la cachette avec son assemblage.

François n'en pouvait plus d'attendre, et les étincelles dans les yeux du vieillard ne faisaient qu'accentuer son excitation. Il lâcha, plaintif :

« Grand p'pa j'veux voir, envoye ! »

Le septuagénaire sortit de derrière son dos un magnifique oiseau que François reconnut pour en avoir observé de semblables à l'occasion près de la rivière, un aigle pêcheur grandeur nature. Le gamin fut estomaqué par le rapace, dans sa pose caractéristique, ailes déployées, bec ouvert, tenant dans ses serres une proie fraîchement attrapée.

« Comme c'est beau, grand-papa Louis, tu m'as fait le plus beau cadeau de ma vie. »

Le vieillard, ému, grommela pour reprendre contenance après cet aveu spontané :

« Si tu l'aimes, grand-papa est bien content. »

François prit avec précaution la sculpture et, la serrant contre lui comme un trésor, il l'emporta dans la cuisine, où il la fit voir à tout le monde avec fierté :

« C'est mon grand-père qui l'a faitte c't'aigle là, pis y l'a faitte juste pour moi. »

Ce souvenir de jeunesse avait marqué sa vie. L'oiseau était devenu un symbole auquel il s'identifiait. Il essaya d'en connaître un peu plus sur cette espèce ailée et, l'été suivant, il passa beaucoup de temps au bord de la Ouareau à épier le volatile, dans sa quête inlassable au-dessus de l'onde à la recherche de proies. Combien de fois le vit-il, accroché dans le ciel, tête penchée vers les eaux poissonneuses, fondre sur un poisson insouciant ? Combien de fois essaya-t-il de le suivre pour découvrir son repaire et observer sa progéniture ? Il admirait par-dessus tout la patience et l'opiniâtreté du rapace qui, certains jours, malgré plusieurs passes, n'attrapait rien. Il avait remarqué que l'oiseau, le lendemain, était au poste malgré tout pour réclamer son dû aux eaux nourricières. François aimait cet oiseau et ce qu'il lui apprenait.

4

L'automne s'annonçait, et le dernier mois avait vu François s'entendre avec M. Gingras et Raymond Demers pour la vente de ses actifs dans Bosfor. La cession de son entreprise lui permettait maintenant d'envisager la vie sous une autre optique, il se sentait comme un bateau dont on venait de larguer la dernière amarre.

Lors de ses rares visites au village, François se rendait au magasin général; il y trouvait tout ce dont il avait besoin pour sa vie d'ermite de la forêt. Le vieil édifice poussiéreux recelait des trésors, et sa tenancière, madame Salvail, était plus qu'aimable à son endroit. Le teint foncé de la femme et ses yeux en amande ne laissaient aucun doute sur ses origines amérindiennes. On pouvait s'arrêter chez elle une demi-heure et en ressortir avec toutes les nouvelles du canton. Madame Salvail avait pris François en affection et aimait bien piquer une jasette avec lui. Berger se sentait un peu gêné de toute l'attention qu'elle lui portait; s'il avait le malheur de se trouver à l'intérieur du magasin en même temps que d'autres clients, il fallait voir madame Salvail expédier ceux-ci pour pouvoir le traiter aux petits oignons. Le femme ne se gênait pas, à son insu, pour le comparer à son défunt dans ses jacasseries avec les grébiches du village.

Au cours d'une de leurs discussions, une jeune femme élancée était venue faire des emplettes, et lorsqu'elle s'était approchée du tiroir-caisse pour régler le montant, elle avait jeté un regard vers François en lui lançant un cordial bonjour. Berger avait remarqué la blancheur des dents contrastant avec le teint basané et la longue chevelure de jais de l'étrangère. Dès qu'elle eut payé la facture, elle disparut derrière la porte. François s'avança vers la fenêtre pour la suivre des yeux, il la vit monter à bord d'une camionnette et prendre la route vers une destination inconnue. Madame Salvail avait remarqué le manège de Berger et semblait agacée par son intérêt soudain envers la nouvelle cliente. Comme si leur discussion n'avait pas de raison d'être, l'homme transporta les quelques boîtes de victuailles jusqu'à son véhicule et salua la vieille : « À un autre tantôt madame Salvail. » Elle lui marmonna une réponse inintelligible.

À peine de retour au lac d'Argent, François mit une attisée dans le poêle car la fraîcheur de cette période de l'année n'est pas longue à refroidir l'intérieur des maisons. Le temps qu'il prit à ranger ses provisions permit au gros objet de fonte de laisser entendre le ronronnement indiquant qu'il tirait bien. François s'installa ensuite dans sa grande berçante et regarda le lac et les rares feuilles agitées par un léger nordet. Il laissa la chaleur l'envahir doucement et s'endormit. La neige se mit à tomber aussitôt à gros flocons, encouragée par le vent qui augmentait d'intensité.

Les dernières semaines avaient été cruelles en Matawinie pour le lièvre qui se déplaçait avec une infinie précaution, cherchant toujours le couvert des petits conifères. Le nouveau pelage nacré qu'il arborait le rendait particulièrement vulnérable à ses prédateurs. Tout enjoué et gaillard qu'il était au cours des trois autres saisons, le petit animal agile se faisait le plus discret possible pour sauver sa vie. La perdrix, quant à elle, se montrait extrêmement méfiante, ne pouvant compter sur les feuilles pour couvrir son caquetage et masquer sa démarche bruyante sur le tapis ocre du sous-bois.

Plusieurs chasseurs avaient rempli leurs gibecières jour après jour dans une pétarade qui laissait la région comme un champ de bataille où seuls les uniformes changeaient, de kaki à rouge fluorescent. Une odeur de poudre flottait çà et là dans les fourrés, et les chalets, à la brunante, résonnaient des chants et des musiques des Nemrods qui faisaient bombance en arrosant leurs copieux repas de houblon.

Le matin venu, tous retournaient à leurs territoires. La première bordée de l'année signifiait une retraite temporaire pour ces troupes de joyeux lurons, et le remisage de leur matériel sophistiqué jusqu'à la prochaine saison de chasse. Cette première neige redonnait aussi au petit gibier sa hardiesse habituelle dans un environnement ouaté plus favorable.

Le jeune homme se réveilla quelque temps plus tard. Il remarqua les peaux de lapins qui voletaient, poussées par le vent. Le sol avait déjà accueilli quelques centimètres de neige, mais les occasionnels tourbillons de poudreuse annonçaient le meilleur. L'hiver québécois reprenait possession de la nature pour les six prochains mois. François vivait sa troisième saison au lac d'Argent et, à mesure que les mois passaient, il se félicitait de ses choix.

Ce sentiment de liberté, qui l'habitait sans interruption depuis, ne faisait qu'accroître sa sérénité. Les longs mois de silence qui s'annonçaient ne lui faisaient pas peur. Au contraire, une étrange lassitude l'envahissait, un peu comme l'ours noir à la recherche de son abri d'hiver. Comme il avait besogné raisonnablement tout au long des deux saisons précédentes, il entrevoyait pour la période de froidure une accalmie au niveau travail. Bien sûr, il lui faudrait couper le bois pour l'hiver suivant, mais il occuperait son temps surtout en activités de plein air variées, histoire de clore en beauté une année éprouvante.

Dehors, la neige poussée par le vent obstruait maintenant la vue. Le jeune homme avait beau essayer de distinguer le lac d'Argent et les montagnes qui le ceinturaient à travers les carreaux, il n'y arrivait pas. Il se rapprocha du poêle à nouveau, et prit un bouquin abandonné dans sa position depuis plusieurs semaines. Le vent, augmentant en intensité, se mit à siffler aux embrasures des fenêtres.

5

Le lendemain matin, François se réveilla de bonne heure. Le blizzard avait laissé presque un demi-mètre de neige au sol. Les dernières heures de bourrasque avaient sûrement été moins violentes, puisque les branches affaissées des conifères avaient l'allure de fantômes immobiles, tellement elles étaient chargées de neige. Tout était comme figé, pétrifié. Après avoir pris un copieux déjeuner, l'ermite sortit. Les seuls bruits de la forêt qu'il entendit étaient le takatakatac d'un pic chevelu qui s'en donnait à cœur joie sur un tronc desséché et le croassement lointain d'une corneille. Il s'attarda pour admirer le saisissant contraste qui s'offrait à ses yeux. Le lac, libre de glace, ressemblait à une grande tache noire perdue dans une couverture d'hermine. Il remarqua, côté nord, plusieurs garrots qui sillonnaient sans bruit l'onde immobile. Tandis qu'il goûtait cet instant privilégié, son attention fut attirée par un mouvement qui provenait du cap de Roche sur l'autre rive. Depuis les derniers mois, l'homme avait réappris à faire corps avec la nature, et son sens de l'observation était redevenu ce qu'il était lors de l'adolescence. Il ne quitta pas des yeux l'endroit et y distingua une forme. Une plainte étouffée suivit de peu; il crut reconnaître le cri.

Comme la silhouette ne bougeait plus, il se leva et se rendit près de son canot camouflé pour la saison froide. Il le déneigea en l'empoignant par une extrémité et, en un rien de temps, l'embarcation se balança sur ses épaules. François se retrouva en quelques enjambées sur le rivage, malgré la neige épaisse; il s'embarqua et se mit à pagayer. Cette partie du lac d'Argent était de bonne dimension mais les coups d'aviron puissants de l'homme des bois l'amenèrent rapidement à l'arête rocheuse. Il accosta, gravit la paroi pour se retrouver face à une magnifique bête blanche, recroquevillée sur elle-même. La neige, ça et là, était souillée par le sang; dès qu'elle aperçut l'intrus, la créature releva la tête et ses babines se retroussèrent dans un grognement. Les crocs blancs imposants apparurent et François sut que l'animal conservait suffisamment d'énergie pour se défendre, il eut un mouvement de recul. Soulagé, l'animal appuya la tête sur ses pattes avant, et, dans un soupir, se mit à fixer l'homme des bois de ses magnifiques yeux bleus. Berger décida de s'asseoir à proximité et d'attendre dans le silence le plus complet. Quelques instants plus tard un hurlement se fit entendre, aussitôt la bête blanche releva la tête, pointa les oreilles en humant l'air. François se leva et se retrouva près du canot, il empoigna l'aviron laissé sur le plat-bord. La silhouette fauve d'un canidé apparut, suivie, de trois autres paires d'yeux.

Les quatre prédateurs, tête penchée, léchaient goulûment, sur la neige, les filets rouges, en grognant. Ils s'approchèrent de quelques pas, furtivement. François restait immobile, se demandant si le groupe partirait ou s'il y aurait à livrer bataille. Le chef de la meute observait la scène, calculant ses chances de succès. Il fit un mouvement vers ses acolytes puis, dans une volte-face, il s'élança gueule ouverte, vers la victime. L'homme des bois sauta sur ses pieds et tout en criant, se mit à faire de larges moulinets avec son arme improvisée. Le reste des coyotes se précipita derrière le leader, celui-ci bondit à la hauteur de François qui l'esquiva tout en l'atteignant solidement à l'épaule avec le tranchant de la pièce de bois. Le grand coyote laissa échapper une plainte et retomba sur le sol avec lourdeur, la manœuvre sembla intimider le reste des canidés car ils interrompirent leur course et rebroussèrent chemin. La bête au regard bleu avait observé toute la scène sans réagir. François avait relevé de nouveau l'aviron bien haut dans les airs. Le chef de la meute, surpris, faisait des demi-cercles aux alentours en boitillant. L'homme se mit à courir dans sa direction. Cette seconde charge produisit l'effet escompté et le coyote s'enfuit en trottinant derrière une talle d'arbres. L'homme des bois se retourna pour vérifier si les troupiers du fugitif n'avaient pas tenté de s'emparer de la bête blanche. Mais il n'en était rien.

Plus aucun signe de leur présence. Le calme s'était installé de nouveau dans la forêt. Un frisson parcourut Berger, ses mains se mirent à trembler et il sentit son cœur ralentir dans sa poitrine. Il retourna vers la grande bête qui se mit timidement à osciller de la queue. Il approcha sa main, elle la sentit. François se mit en frais d'observer l'animal qui ne semblait pas touché dans la partie antérieure de son corps. Mais lorsqu'il la retourna sur le côté il constata qu'un jarret était en fort mauvais état. Il essaya de comprendre comment la grande chienne blanche avait pu en arriver là. Les coussinets de sa patte gauche arrière avaient été entamés assez profondément. François supposa que la bête avait dû se prendre dans un piège. Elle avait pu s'en libérer, mais les marques qu'elle laissait sur le sol avaient attiré les prédateurs. Ceux-ci avaient sans doute pu la rejoindre et se darder sur le membre blessé, puisque la chienne arborait les traces des crocs qui lui avaient déchiré les ligaments.

Dans sa fuite, elle avait peut-être senti la présence de l'humain à proximité. L'intervention rapide de l'homme des bois l'avait sauvée in extremis. Puisque la bête semblait maintenant mieux disposée à son égard, François se pencha sur elle et, dans un même mouvement, la déposa sur ses épaules. Elle laissa s'échapper une plainte résignée sans se débattre. L'homme l'amena jusqu'au canot, l'installa dans le fond de l'embarcation, et fit le chemin du retour lentement en lui adressant des paroles apaisantes. La chienne soupirait et, dans le bleu profond de ses yeux, François décela toute la gratitude de l'animal.

6

Quelques jours après la tempête, madame Salvail revit la jeune fille aux cheveux noirs. De bonne heure, un matin, elle s'était pointée au magasin général. La commerçante essaya d'en connaître un peu plus sur elle.

« Bonjour Mam'zelle, y nous est tombé une bonne bordée !

- À qui le dites-vous! C'est la première journée que je peux sortir de chez moi.

- Comment ça ? fit Madame Salvail, curieuse

- J'ai déneigé moi-même le bout de chemin qui conduit à ma maison.

- Vous êtes patiente, pourtant c'est pas les contracteurs à neige qui manquent dans le coin, opina la vieille d'un ton réprobateur.

- J'ai tout mon temps; en plus, un peu d'exercice n'a jamais fait mourir personne. »

Madame Salvail remarqua le léger accent de son interlocutrice.

« Ça fait pas longtemps que vous êtes arrivée, v'nez-vous d'un autre pays ?

- J'suis au Québec depuis plusieurs années, mais je viens d'Espagne.

- Me semblait aussi, quand j'ai vu vot'allure j'm' suis dit, elle, a vient pas d'icitte. »

Dans un même souffle, Madame Salvail continua :

« J'ai ouï dire que vous restiez dans le chemin Cantin proche d'la rivière Sauvage.

- Vos informations sont bonnes, madame.

- Voulez-vous ben me dire c'qu'une belle femme comme vous fait dans un coin perdu comme icitte ?

- J'ai vécu à Montréal, j'avais besoin d'un peu de calme.

- Du calme, vous dites, j'suis sûre que vous n'en manquerez pas là-bas. À part des bêtes pis des oiseaux, y'a pas âme qui vive dans vot'boutte. Vous allez être tout fin seule.

- C'est en plein c'que j'cherchais.

- Vous êtes pas peureuse...

- Je devrais avoir peur de quelque chose ? »

La question sembla embarrasser la vieille.

« Euh, vous avez besoin de quoi à matin, ma p'tite dame ?

- J'me sers et je reviens vous voir tout de suite. »

En un rien de temps, la jeune femme saisit sur les étagères de menus objets qu'elle déposa sur le comptoir. Madame Salvail poinçonna le prix des articles sur sa vieille caisse enregistreuse bruyante. Elle se pencha pour prendre un sac afin d'y déposer les achats de la cliente. Celle-ci, regardant la commerçante, lui dit :

« Laissez faire, j'ai tout ce qu'il faut pour emporter mes choses. »

Madame Salvail, lorsque la jeune femme s'engagea vers la sortie, remarqua ses vêtements chauds et confortables.

« Bonne journée, Mam'zelle.

- À vous de même ; à propos mon nom est Bonita. À la prochaine. »

Aussitôt sortie du magasin général, la femme svelte monta dans son camion léger et démarra, direction nord. Quelques kilomètres plus loin, elle tourna à droite, au chemin Cantin; on pouvait prendre l'embranchement en toute saison mais son parcours à flanc de montagne en décourageait plusieurs, l'hiver venu, à cause de son tracé sinueux et étroit . Le paysage spectaculaire ne manquait jamais de frapper Bonita, mais cette fois-ci elle admira le panorama avec du souci dans les yeux. Même les cascades de la rivière qui longe le chemin, et les arbres blancs de neige ne parvenaient pas à changer son expression. Plus elle approchait de sa maison, plus les émotions se bousculaient dans sa poitrine.

7

L'hiver s'était établi pour de bon en Matawinie. Une semaine de froid intense avait succédé à la première tempête de l'hiver, et les lacs étaient devenus comme des miroirs transparents. François se proposait de sonder la glace sous peu. Sa pensionnaire, quant à elle, prenait du mieux : chaque matin, elle montrait un peu plus d'entrain que la veille. L'homme des bois l'avait installée, dès son arrivée, à quelques pieds du gros poêle, sur un tas de vieilles couvertures. C'est à cet endroit que la bête s'était soignée d'elle-même. À chaque jour, elle s'était léché inlassablement les blessures, sous l'œil observateur de son hôte. La plaie au jarret avait guéri la première, ce qui surprit François puisqu'elle lui semblait la plus sérieuse. Ce matin, l'homme des bois avait remarqué le manège de l'animal qui n'avait lavé de sa langue que les coussinets du membre blessé. Il s'approcha d'elle et la cajola. La bête interrompit sa besogne et roula sur le dos afin de goûter pleinement aux tapes affectueuses de son sauveteur.

« Tu es une bonne chienne; j'me demande à qui tu appartiens. »

À chaque parole de l'homme, l'animal donnait de sa grosse queue touffue par terre à en faire résonner les planches de bois.

« D'ici une journée ou deux, nous irons faire une balade. Tu dois avoir hâte. »

Le gros animal, comme pour approuver, se lécha les babines plusieurs fois et manifesta bruyamment. François observait la bête, admiratif. Elle devait bien peser trente kilos. Son poitrail large, le pelage abondant, et ses membres puissants ne faisaient qu'ajouter à sa prestance. Il se fit la remarque, intérieurement, qu'elle pourrait aisément devenir une compagne fidèle. Depuis la mort de Claire Larouche, l'homme n'avait pas souffert de solitude. Du moins, il ne lui semblait pas l'avoir ressentie profondément. Bien sûr, certains soirs, il avait éprouvé un manque au creux de son être et il lui était arrivé de rêver à quelques reprises. À une occasion, entre autres, un songe l'avait bouleversé.

Dans son sommeil, il s'était vu sur le bord du lac, par un chaud après-midi d'été où il avait décidé de se rendre à la baie des nénuphars pour se prélasser; la chaleur était accablante et, sur le plan d'eau, aucune brise ne soufflait. Le soleil de plomb lui avait fait mettre de côté tout vêtement. François Berger, dans son canot, pagayait doucement vers la baie paradisiaque. Arrivé sur place, une eau limpide, de profondeur moyenne, l'invitait à la baignade. L'homme des bois s'y plongeait, batifolait et se laissait chatouiller, en flottant, par les tiges de ces longues plantes qui montent du fond de l'onde. Sous l'eau pure, il buvait quelques goulées, refaisait surface, nageait sur le dos, et se plaisait à frôler les pompons jaunes des fleurs aquatiques tout en regagnant la berge. Les grenouilles faisaient des

« ploufs » , dérangées par l'intrus dans leur bain de soleil. Suite à ces ablutions, l'homme allait se chauffer sur le sable doux. À peine étendu, il fermait les yeux pour goûter ces moments intenses et réparateurs. Ses poumons se gonflaient lentement d'oxygène jusqu'à ce qu'il décide à arpenter l'endroit. Les branches penchées d'un bouquet d'aulnes s'ouvraient alors devant lui tandis que ses pieds trempaient dans l'eau réchauffée par le soleil. C'est alors qu'une silhouette, de dos, couchée dans les chauds granules lui apparaissait. Cheveux blonds lissés sur la nuque, une jambe croisée par-dessus la première donnant aux hanches une rondeur prononcée. Ce corps, bronzé dans son entier, avait l'allure d'une statue tellement il était immobile. François Berger observait l'image, ébahi. Ce corps... pourtant... il s'approchait quand, se tournant soudain, la femme offrait sexe et seins au dieu Soleil. François ne parvenait pas à distinguer les traits du visage incandescent. L'harmonie des lignes du corps exerçait sur lui un attrait envoûtant. Il restait là, pantois, jusqu'à ce qu'une sensation d'engourdissement s'installe au bas de son ventre. Après une hésitation, il allait rejoindre la femme qui entre-temps avait tourné la tête. Le pénis de François, maintenant humide, trahissait son désir. Arrivé à la hauteur du corps aguichant, ses yeux étaient aveuglés. Il semblait que la gracieuse silhouette ne prenait pas garde à sa présence. Il se penchait et s'étendait à côté d'elle. Dès qu'il quittait des yeux le faciès phosphorescent pour poser son regard sur le corps inondé de soleil, sa vision s'éclaircissait. Il décidait alors de lui poser une main sur le ventre. La peau douce avait quelque chose de familier mais son geste semblait vain. François continuait ses caresses, passant successivement des épaules, aux bras, pour ensuite effleurer sa poitrine. Il se risquait à poser les lèvres sur l'irisation du visage afin d'y faire apparaître les traits. Des lèvres accueillantes s'entrouvraient alors pour recevoir son baiser. Ses yeux, comme pour se protéger de la luminosité, se fermaient. L'étreinte semblait provoquer une réaction maintenant. François reconnaissait le parfum qui se dégageait de la bouche. Son cœur se mettait à battre follement. Il sentait le sang bourdonner à ses tempes. Son sexe était devenu dur, et son désir gagnait lentement tout son être qui tremblait. Il essayait périodiquement d'ouvrir les yeux, mais ses paupières étaient maintenant soudées pour se protéger de la lumière. Le corps l'enlaçait enfin. Les mains s'activaient sur ses reins et ses fesses en provoquant un frisson de tout son être. Entraîné par les bras insistants, il se rapprochait. L'excitation était extrême quand, tout à coup, le visage lui apparaissait... le doux visage de Claire, son amour disparu.

À l'instant même, l'homme s'était réveillé, confus, mal à l'aise. Ses testicules durcis avaient expulsé, au rythme des battements de son cœur, son sperme abondant sur son ventre et dans ses draps. L'homme avait ressenti dès lors un vide. Il aurait tellement aimé que se poursuive le rêve : savoir Claire vivante près de lui. Des souvenirs lui étaient montés à la gorge. Les confidences après l'amour, les câlineries, l'apaisement. Ce songe l'avait intrigué. Peut-être commençait-il à ressentir le besoin d'une présence. Curieusement, l'épisode de la chienne s'était produit quelques jours après l'événement. Un peu comme si la vie répondait déjà à l'appel imperceptible d'une solitude naissante.

Dans les derniers jours, les images du passé avaient refait surface avec plus d'acuité. L'homme revivait dans ses réflexions la disparition de Claire. L'absurdité de la mort, la séparation des êtres aimés, toutes ces questions lui revenaient à l'esprit. Peut-être était-ce dû aux journées froides qui l'avaient confiné à l'intérieur. Parallèlement à ces songeries, François et la grande chienne s'étaient apprivoisés et commençaient à drôlement bien se comprendre. La présence de l'animal et leurs contacts de plus en plus fréquents ajoutaient à la chaleur que le gros poêle trois ponts répandait dans le chalet. Lorsque l'homme était à l'extérieur pour rentrer le bois, l'animal émettait des plaintes qui ne cessaient que lorsque le parka de François se retrouvait accroché au mur, après que plusieurs brassées furent entassées dans la boîte, près de l'antre à chaleur. On aurait dit que la bête craignait d'être abandonnée. L'homme la rassurait alors par quelques caresses qu'elle lui rendait en venant se coucher sur ses pieds dès qu'il se glissait dans la berçante en babiche. Le bâillement de l'animal indiquait que la dernière blessure n'était pas tout à fait guérie. L'homme des bois décida quand même que le lendemain ils iraient à l'extérieur. La lune avait commencé à décroître et les froids feraient sûrement relâche alors.

8

La fraîcheur du matin et la lumière extérieure provenant de la verrière avaient réveillé François. Le feu avait eu le temps de mourir quelques heures auparavant. L'homme ressentait un petit creux à l'estomac. Il se leva et, d'un bond, sauta dans ses vêtements. Les quelques braises trouvées lui permirent de faire repartir le feu avec quelques croûtes et deux ou trois rondins d'érable. L'homme des bois, dès que l'objet de fonte s'était fait bardasser, avait l'habitude d'admirer le panorama du lac. Ce rituel matinal prenait l'allure d'un geste sacré, comme un merci lancé pour chaque nouveau jour. La scène pouvait durer quelques secondes, ou se prolonger de longues minutes. Ce matin-là, elle fut brève. Il risqua le nez dehors. Ce qu'il avait appréhendé la veille s'était produit, le temps doux avait remplacé le froid piquant. La grosse chienne, sentant que cette journée serait spéciale, s'était assise à droite de l'homme. Après un déjeuner copieux, l'homme des bois se mit à fouiller dans l'appentis. Quelques instants plus tard il en ressortit avec une paire de vieux patins aux lames rouillées. L'animal s'approcha et essaya d'y relever une odeur intéressante. Ce qu'il ne trouva pas, de toute évidence, puisqu'il s'en éloigna nonchalamment.

Même la senteur du cuir s'était évanouie des chaussures à glace. François regarda la bête, qui, dès qu'il eut posé le regard sur elle, se mit à se contorsionner en faisant aller le panache de sa queue fournie.

« Comment ça va ce matin ma grosse louloute, prête à aller dehors ? »

L'intonation de la voix provoqua l'excitation de l'animal. L'homme sortit, suivi par la chienne trottinant tantôt sur trois pattes tantôt sur les quatre, tel un étalon blanc de Vienne. La chienne, nez plaqué au sol, était drôle à voir. La neige pénétrait dans ses narines, la faisant parfois éternuer. Après avoir retrouvé les plaisirs des multiples odeurs de l'extérieur, l'animal se mit à courir autour du chalet en faisant des allers- retours vers l'homme des bois. Quelques arrêts brusques l'en dissuadèrent cependant, car sa patte arrière n'était pas suffisamment guérie pour lui permettre ce genre d'acrobaties. La bête fit une cabriole pour son nouveau maître en se lançant par terre dans la neige blanche. Elle s'y roula en faisant entendre des grognements de plaisir. François l'observait en y trouvant un plaisir fou, ce qui n'était pas sans encourager l'animal. Elle se lança même dans un banc de neige. Y disparaissant presque. Seuls son museau et ses grands yeux bleus la différenciaient de la masse immaculée.

« Viens, ma belle ! »

Dès que la chienne entendit ces paroles, prononcées par l'homme des bois, elle cessa ses pitreries pour venir à côté de lui. L'homme s'avança vers le lac, empoignant sa hache au passage sur le tas de bois. Il allait effectuer un geste maintes fois posé par son aïeul, le vieux Louis, après la prise des glaces. À quelques pas de la berge, il coupa un jeune érable dont il tira une perche de deux mètres et demi. La chienne prit les devants, et arrivée sur le bord du lac, elle s'arrêta en humant la surface glacée sans y poser la patte. Elle observait, curieuse, à travers celle-ci, les feuilles mortes qui reposaient au fond du plan d'eau. François la rejoignit. Après une hésitation, la bête s'avança sur le miroir glacé s'y cramponnant à l'aide de ses griffes. Quand l'homme vit que l'animal s'aventurait sur le lac, il s'y engagea. Sa perche dans la main gauche, la hache dans la droite, l'homme des bois avançait, se penchant à tous les mètres pour sonder la glace en projetant le tranchant de toutes ses forces sur la surface dure. Après plusieurs tentatives pour percer le miroir naturel, il sauta dessus à qui mieux mieux histoire de s'assurer qu'il pouvait aisément le supporter. La glace ne fit entendre qu'un léger craquement. L'homme se mit alors à courir, lâchant tout ce qu'il avait dans les mains, en criant. Après avoir atteint une vitesse suffisante, il se lança, à plat ventre, sur la surface glacée et, tel une pierre de curling, glissa sur plusieurs mètres en riant à gorge déployée. La chienne blanche le suivait, essayant d'attraper le bas de son pantalon au passage avec ses mâchoires puissantes. François répéta plusieurs fois son cirque, tel un enfant. Il se tourna ensuite sur le dos et se mit à admirer le bleu du ciel hivernal. Quelques petits nuages effilés étaient accrochés çà et là dans l'immensité d'azur. Cette position lui faisait presque perdre contact avec la réalité. Adossé au mur de glace, devant la splendeur démesurée de la voûte céleste, il s'arrêta pour contempler ce tableau grandeur nature. Seule la bête blanche couchée à ses côtés le retenait de ce côté-ci du monde et, si le froid de la glace n'avait pas commencé à traverser ses vêtements, il aurait aimé prendre beaucoup plus de temps pour admirer l'Œuvre.

Il se releva et marcha en glissant sur ses pieds jusqu'à la hache et la perche abandonnées. De retour au chalet, la chienne blanche, peu habituée ces dernières semaines à l'exercice, retrouva ses couvertures et s'y endormit en un clin d'œil. L'homme des bois prit les vieux patins, les enfila, non sans avoir mis une bonne paire de bas de laine. Debout devant la verrière, il s'aperçut que ses chevilles avaient perdu un peu de leur force. Mais il ouvrit la porte et se dirigea vers le lac. Aussitôt sur la surface glacée, les lames firent entendre un crissement qui en disait long sur leur état. François jeta un coup d'œil au chalet. Il s'aperçut que sa compagne blanche, alertée par le claquement de la porte, s'était éveillée. Elle le regardait, les pattes posées sur le bas de la verrière. Comme au garde-à-vous, oreilles pointées vers la gigantesque patinoire, l'animal l'épiait. L'homme la vit disparaître mais c'était pour se montrer aussitôt dans la porte d'entrée. Il se mit en frais de faire le tour du lac d'Argent. Peu à peu le coui-coui des patins s'estompa. Lorsqu'il ne patinait pas avec force, seul le bruit des lames glissant sur le lac pétrifié pouvait s'entendre. L'homme des bois se mutait en homme des glaces. Il imaginait sans peine ce que devait produire comme effet chez les explorateurs l'immensité des déserts arctiques.

9

Madame Salvail commençait sérieusement à s'ennuyer de son ermite. François avait coutume de descendre aux commissions plus souvent. La vieille s'inquiétait. Elle avait bien compté un mois depuis sa dernière visite. Comme le lac d'Argent se trouvait dans un coin isolé, les nouvelles qu'on avait de l'homme des bois étaient plutôt rares.

Dès qu'un citadin nouveau venu s'établissait dans l'arrière-pays et qu'il était discret, tout habitué à l'anonymat des villes, quant à ses objectifs et motivations, un drôle de phénomène se produisait. Immanquablement, les rumeurs avaient libre cours dans la population locale, habituée à plus de promiscuité. Ainsi, l'arrivée quelques années plus tôt de François et Claire à Saint-Zénon avait fait jaser. Dès leur première visite, on avait remarqué leur présence. Au cœur de l'été, ils avaient pris trois week-ends pour venir se plonger dans la verdure de Matawinie. Le grand-père l'y amenait pêcher durant son adolescence. Le jeune couple avait loué une chambre à l'hôtel du village. De ce pied-à-terre, le matin venu, ils empruntaient méthodiquement chaque bout de rang, histoire de connaître un peu plus les alentours. À l'établissement hôtelier, on était habitué à d'autres clientèles. Pêcheurs, chasseurs, villégiateurs et travailleurs forestiers composaient l'essentiel des usagers de l'établissement, selon la période de l'année. L'habillement des étrangers surprenait aussi. Les jeunots portaient camisole et shorts aux couleurs voyantes. Ce qui tranchait avec les gens de la place aux goûts vestimentaires plus traditionnels. Après leur première fin de semaine passée au village, les deux tourtereaux avaient acquis la réputation de gosses de riches. Leurs repas longue durée arrosés de vin, au restaurant, et le paiement des frais de séjour accompagnés de pourboires substantiels n'avaient fait qu'ajouter à ces perceptions. Comme les jeunes demeuraient silencieux sur le pourquoi de leur visite, toutes les spéculations étaient permises. Leurs excursions subséquentes leur avaient donné un indice de la curiosité qu'ils provoquaient.

À la deuxième escale à l'hôtel, le préposé à la réception leur avait demandé s'ils voulaient la même chambre que la semaine précédente.

François et Claire avaient réalisé dès lors qu'on les observait discrètement. Ce second week-end leur avait permis d'admirer, du plus haut sommet des environs, le point de vue laurentien. Toute la majesté du coin de pays parsemé de lacs éparpillés à flanc de montagne. Cette vue saisissante produisit un effet tel qu'ils prirent ensemble la décision de trouver un endroit propice à l'établissement d'un port d'attache dans cet univers luxuriant. C'est ainsi qu'après la disparition de Claire, il était revenu naturellement vers son point d'attache pour s'y ressourcer.

10

Depuis l'été, François goûtait tellement aux plaisirs sains de Matawinie qu'il en oubliait presque le monde extérieur. L'eau ne manquait jamais au chalet. L'hiver venu, un trou percé à même la glace du lac l'en pourvoyait. Il n'avait qu'à laisser, à même l'orifice, quelques tapons de paille qu'il recouvrait d'un carton et d'une épaisse couche de neige que seuls des froids sibériens parvenaient à cristalliser. Il avait ainsi une source de liquide inépuisable, d'une pureté et d'un goût exquis, qu'il accumulait au besoin dans de grands récipients dans un coin frais du chalet. Cette eau lui donnait la vie, et il ne se gênait jamais pour s'en abreuver après la fente du bois ou une balade en raquettes. Sa mémoire ne gardait qu'un triste souvenir de l'eau de la ville à laquelle on ajoute une foule de produits pour la rendre potable.

Le chalet était pourvu de plusieurs lampes à huile qui ornaient les murs. On en retrouvait aussi deux ou trois sur la table. Elles fournissaient un éclairage suffisant pour la lecture, le soir venu. L'homme des bois avait découvert un nouveau goût. Au cours d'une de ses visites au village, il s'était laissé tenter par une tranche de pain offerte par madame Salvail. Dès qu'il l'avait senti dans ses mains, il avait bien vu que ce morceau n'avait aucune espèce de ressemblance avec tout ce qu'il connaissait du pain jusqu'alors. Son poids semblait démesuré par rapport à sa taille. L'homme des bois l'avait porté à sa bouche. L'odeur qui s'en dégageait lui était montée aux narines. La bouchée mastiquée lui avait aussi activé délicieusement les papilles.

Depuis lors, François s'était découvert une raison de faire son pain. À chaque visite au village, il ne manquait pas d'amener dans ses victuailles une bonne mesure de farine qu'il conservait dans une boîte de bois à l'abri des rongeurs. Madame Salvail lui avait donné les conseils utiles qu'il avait soigneusement notés sur un bout de papier. Les résultats de sa première boulange en auraient découragé plus d'un, mais l'homme persévéra, et sa production alla en s'améliorant. La magie du pain fascinait François Berger. Le travail de la levure, le pétrissage, les odeurs de cuisson dans le chalet, tout le rituel de ces gestes simples s'emplissait de sens. L'homme avait remarqué que depuis qu'il cuisait son pain, des énergies nouvelles l'habitaient. Il avait diminué sensiblement sa consommation de viande sans en ressentir aucun manque. Cette nouvelle habitude l'avait rendu encore plus autonome et ses passages à Saint-Zénon se faisaient d'autant plus rares.

Un matin, il décida d'aller au village, histoire de ne pas faire oublier sa présence. Il irait en même temps faire état de ses progrès de boulanger auprès de la vieille commerçante. Qui sait, peut-être ferait-il des rencontres intéressantes en cours de route ? L'homme des bois monta à bord de son véhicule et, après avoir attaché la chienne blanche à l'extérieur, se dirigea vers sa destination.

Le chemin qui menait du lac d'Argent à Saint-Zénon n'offrait que peu d'attraits sur une bonne portion du trajet. Du chalet situé à l'extrémité du lac jusqu'aux hauteurs le surplombant, trois kilomètres plus loin, on ne voyait que les arbres de chaque côté. Bouleaux, érables, sapins voisinaient dans une forêt inextricable. De temps à autre, un animal, effrayé par les bruits du moteur, traversait, se jetant presque sous les roues des véhicules. Lorsque le sommet était atteint, on avait droit à une vue magnifique sur le village, encore distant de huit ou dix kilomètres. En prenant la peine de s'y arrêter, on pouvait reconnaître le clocher surplombant le reste des habitations; la fumée qui s'échappait des cheminées montant droit vers le ciel par temps calme donnait aux environs un air bucolique.

Après une descente qui le ramenait vers la civilisation, François arriva à la jonction de la route principale. Un véhicule immobilisé en bordure de la voie attira son attention. Il l'observa et constata qu'il était embourbé dans la neige. L'homme remarqua qu'il était abandonné et continua sa route. Une fine neige se mit à tomber. Berger ralentit prudemment l'allure. Il progressait vers sa destination lorsqu'il aperçut, marchant sur l'accotement, un piéton. Arrêtant son automobile un peu plus loin, il en sortit et reconnut tout de suite la jeune fille du magasin général.

« Bonjour, marche de santé ou besoin de dépannage ?
- Mon camion est enlisé, lui répondit la femme.

- Je peux vous donner un coup de main peut-être...

- Si vous me l'offrez, je ne dis pas non.

- Montez, nous allons voir ce que nous pouvons faire. »

Ils prirent place à bord de l'automobile de François et rebroussèrent chemin. La femme regarda l'homme des bois : C'est gentil de votre part de me dépanner.

- J'ai remarqué la position de votre camion. À nous deux, nous ne devrions pas avoir trop de difficulté à le sortir du banc de neige. »

L'homme s'était exprimé avec assurance; jetant un regard vers sa passagère, il remarqua qu'elle gardait les yeux sur lui.

« Belle journée quand même, lança-t-elle dans un sourire. »

François approuva d'un mouvement de la tête. Parvenue au camion, la jeune femme s'installa au volant. Sous la poussée de l'homme, le véhicule fut, ipso facto, sorti de sa fâcheuse position. La femme émergea du petit camion, sourire aux lèvres.

« Je vous offre un café pour vous remercier.

- Si vous voulez répondit François.

- Suivez-moi. S'il m'arrivait de me retrouver encore dans le trouble, je vous aurais à portée de la main », fit-elle, souriante.

L'homme des bois monta à bord de son véhicule et s'engagea sur la route à la suite du camion.

II

Arrivée au village, Boni choisit le restaurant Trois-Étoiles. Elle savait qu'on y servait du bon café. De plus, la salle à manger de l'établissement était pourvue de larges fenêtres par lesquelles on pouvait embrasser du regard les montagnes qui ceinturent le plus haut village du Québec. En cette journée de semaine, son invité et elle pourraient, sans crainte d'être dérangés, causer à leur aise.

Depuis la première fois où elle l'avait rencontré chez madame Salvail, la jeune femme s'était surprise à penser à l'homme au regard franc. À quelques reprises, elle avait songé à prendre des informations sur lui par le biais de la vieille tenancière du magasin, mais elle s'en était abstenue. Et au moment où elle s'y attendait le moins, voilà que les circonstances l'amenaient dans un restaurant du village avec lui. Une drôle de coïncidence, se disait-elle intérieurement en fixant les montagnes et la faible neige que saupoudrait doucement le ciel de Matawinie. L'homme vint la rejoindre. Elle le regarda s'amener à travers les tables dans son chaud anorak. Aussitôt arrivé, il déclara :

« Beau coup d'œil, c'est la première fois que je viens ici. Ce doit bien être le dernier restaurant du patelin qu'il me restait à visiter. »

Boni esquissa un sourire. La serveuse se présenta à leur table.

« Un café, s'il vous plaît », demanda Bonita.

La femme en uniforme tourna le regard vers François :

« Pour vous, Monsieur ?
- La même chose, merci. »

Dès que la femme se fut éloignée, Boni posa les yeux sur l'ex-ingénieur : « Si nous nous présentions, dit-elle. Je suis Bonita Regalado. » François prit la main de la jeune femme dans la sienne. « Et moi, François Berger. »

L'homme des bois remarqua la fermeté et la chaleur de la main qu'il avait serrée. Le geste lui révéla une partie de la personnalité de la femme aux cheveux d'ébène. Les deux cafés venaient de leur être servis...

«Vous savez, commença Boni, il y a un bout de temps que je voulais faire votre connaissance.
- Vraiment ? demanda l'homme surpris.
- Depuis que je vous ai vu au magasin général, je me demandais si nous aurions l'occasion de nous rencontrer à nouveau. Je ne savais pas si vous étiez de passage ou si vous habitiez Saint-Zénon.
- Je demeure en permanence au lac d'Argent, dit le jeune homme.
- Le lac d'Argent ?
- Venez à la fenêtre. »

François se leva et alla montrer à Boni où se situait son coin de paradis.

« Vous voyez la tour sur la montagne à droite ? Immédiatement derrière se trouve mon lac. »

Boni réalisa d'un coup la taille de l'homme puisqu'il se tenait derrière elle. Elle éprouva une drôle de sensation aussi à cause de l'odeur qu'il dégageait, un mélange de senteur de bois et de fumée.

« Vous parlez comme si le lac vous appartenait, lança Bonita.
- C'est une façon de dire les choses, fit l'homme. Je le nomme ainsi parce que je n'ai aucun voisin. »

Ils regagnèrent la table.

« Il y a longtemps que vous habitez au lac d'Argent? »
- Mon chalet y est construit depuis cinq ans. Au début, nous n'y venions qu'occasionnellement. »

François se rendit compte à la physionomie de son interlocutrice que la phrase qu'il venait de prononcer l'avait surprise.

« Parlons un peu de vous, fit l'homme.
- Si vous voulez, laissa tomber la jeune femme, en portant à sa bouche la tasse de café fumant. Je demeure au bout du chemin Cantin depuis quelques mois.
- Le chemin Cantin, hésita François... J'y suis, quatre ou cinq kilomètres en haut du village en gagnant Saint-Michel, à droite, le long de la rivière.
- Vous connaissez vraiment les environs, votre description est très juste.

- Vous savez, lorsque nous sommes venus nous établir ici, on a fait le tour. J'ai plusieurs cartes de la région et je les parcours de temps à autre. J'aime bien savoir où je m'en vais.

- Je n'en doute pas, à ce que vous me dites.

- Nous voilà encore à parler de moi, lança François, ça vous dérange ?

- Au contraire, continuez, il y a un bout de temps que j'ai eu une conversation avec quelqu'un. Ça me change du quotidien. »

Quelques jours s'étaient écoulés depuis la rencontre au restaurant. Il semblait à Boni que l'épisode qui s'y était joué était incomplet. En repassant à l'intérieur d'elle-même les événements, elle se rendit compte que la petite jase lui avait laissé plusieurs interrogations. Elle se rappelait sa réaction lorsque François Berger s'était exprimé à la première personne du pluriel. Se pouvait-il qu'elle éprouve déjà un sentiment pour cet homme qu'elle connaissait à peine ?

La jeune femme regrettait un peu son attitude générale. L'assurance avec laquelle elle avait amorcé l'entretien pouvait avoir gelé l'homme, se dit-elle. La bonne humeur qui l'avait quittée au milieu du premier café expliquait peut-être aussi la fin prématurée de la rencontre. Depuis qu'elle avait décidé de prendre le chemin de Matawinie, un bonheur évident l'habitait. Mais un petit coin de son cœur restait vide.

Bonita avait mis de l'ordre dans sa vie. Classé ses priorités. Son burnout prolongé l'y avait contrainte somme toute. Il l'avait aussi laissée seule. Ce n'est que la présence de Conchita et Manuel, ses parents, chez qui elle s'était réfugiée à l'occasion de sa maladie qui lui avait permis de passer au travers. Son mariage avec un Anglo-Québécois, Peter Sheffield, n'y avait pas survécu. Tant bien que mal, le repos était venu à bout de l'épuisement pernicieux qui s'était glissé dans sa personne mais qu'elle avait d'abord refusé de reconnaître. Ses années passées aux études, additionnées à celles de son premier emploi où il fallait prouver sa valeur et faire sa place au soleil, l'avaient conduite un bon matin aux larmes sans fin. Au début de sa dérive, son compagnon s'était fait compréhensif; mais plus les semaines passaient, plus le jeune cadre, impuissant devant les événements, tout comme elle, s'était fait distant. La situation n'avait fait qu'empirer jusqu'à ce qu'un jour il lui annonce son impossibilité de continuer à vivre avec elle sans y perdre lui aussi son équilibre. Cet aveu avait provoqué un trou noir chez Bonita. Un désespoir, des idées suicidaires l'avaient même poursuivie de nombreuses journées durant. Aujourd'hui encore, lorsqu'il lui arrivait de repasser dans sa tête ces événements douloureux, elle sentait une boule au fond de sa poitrine. Comme une vulnérabilité qui ferait dorénavant partie d'elle-même.

Depuis le départ de Peter, la jeune femme avait laissé sa vie affective en friche. Cela expliquait peut-être l'empressement face à l'homme du lac d'Argent. Devait-elle chercher à le revoir ? Avait-il quelqu'un dans sa vie ? Elle résolut de trouver des réponses à ces questions, le moment venu.

12

« C'est tout, François ? »

La question fut posée une deuxième, puis une troisième fois, avant qu'elle n'obtienne une réponse sèche et impatiente : « Oui, oui, madame Salvail, j'ai fini. » Le jeune homme restait cloué à la vitrine du magasin général.

« On dirait que t'attends quelqu'un... Ce serait pas Bonita par hasard ?

- Qu'est-ce qui vous fait penser ça ? rétorqua François Berger en pivotant vivement en direction de la vieille dame.
- Ça crève les yeux, voyons ! »

Le silence s'établit pendant quelques instants.

« J't'ai vu entrer t'à l'heure au restaurant avec l'Espagnole. Son camion est encore devant la bâtisse, alors ... »
- Alors, quoi ? opina Berger agacé.
- Penses-tu que j'ai pas r'marqué ton p'tit manège avec elle ? La première fois que j't'ai vu avec elle, ici d'dans, t'avais l'air d'un poisson à travers

la vitre de son aquarium. C'est la même chose aujourd'hui.

- Combien je vous dois ? questionna le jeune homme qui reprenait peu à peu sa contenance.

- Cent trente-quatre piasses et douze.

- Tenez » fit l'homme des bois en sortant une poignée de billets de son portefeuille. Après deux ou trois allers et retours, les boîtes se retrouvèrent toutes alignées sur le siège arrière de son véhicule.

« À la prochaine madame Salvail.

- C'est ça, tu te r'prendras; compte pas les tours, on n'est pas sorteux. »

Après avoir entrouvert la porte, François s'adressa à la commerçante :

« J'oubliais, je commence à bien réussir mon pain.

- Correct, ben correct de même », répondit la femme d'un air frondeur.

L'homme des bois s'embarqua, non sans jeter un coup d'œil à l'intérieur du restaurant au passage. Bonita était toujours attablée au même endroit. Il réprima difficilement l'envie d'aller la retrouver, mais il continua sa route.

13

Le bacul avait oscillé à plusieurs reprises avant de pointer le derrière vers le ciel. L'homme des bois, dès qu'il avait aperçu le bâton s'affoler sur son balancier, s'était élancé sur la croûte du lac. Laissant ses moufles en cuir près du trou, il saisit la ligne dans une main et la releva doucement pour vérifier si le poisson qui l'avait activée s'y était accroché. Il ferra d'un coup sec.

Le matin même, François avait décidé de se payer une partie de pêche blanche. Le soleil de mars et l'absence de vent l'avaient convaincu de passer la journée à l'extérieur. Après un copieux déjeuner, l'homme avait confectionné quelques sandwichs qu'il avait enveloppés et déposés à l'intérieur du chalet, sur le bord de la verrière. Un bouillon de légumes fumant s'était retrouvé dans sa grande bouteille isolante. Habillé d'un chaud duvet et de pantalons de laine, François était ainsi confortablement équipé pour affronter un froid anormal pour ce début de printemps.

Durant les dernières semaines, François Berger avait cousu un harnais pour la grosse louloute blanche. L'animal pourrait ainsi le seconder, en traînant sur skis le gros coffre de bois qui contenait l'attirail pour la pêche sur glace. L'homme avait testé la bête, qui s'était comportée comme si l'activité n'avait aucun secret pour elle. Lorsqu'il lui avait tendu les lanières cousues les unes aux autres, ce matin, des gloussements et cabrioles l'avaient agitée. Aussitôt attelée à la charge, la bête avait posé son postérieur par terre, attendant un commandement pour remorquer le tout jusqu'à l'endroit choisi par l'homme des bois.

« Oché va ! » avait lancé François.

Le commandement avait produit son effet. La chienne blanche, tendant les pattes arrière et cambrant son dos puissant, avait arraché le traîneau comme si de rien n'était. L'homme et la bête, quelques instants plus tard, s'étaient retrouvés sur la surface glacée, à une trentaine de mètres du rivage. À l'endroit choisi par François, un « wo louloute » avait stoppé la bête aux yeux bleus. Après avoir ouvert le coffre, l'homme en sortit une tarière qu'il posa sur le tapis blanc. Il gratta ensuite du pied la surface enneigée à quatre ou cinq endroits séparés entre eux de quelques mètres, dans le but d'atteindre la glace bleutée. Retournant au coffre à pêche, l'homme libéra la chienne de son attelage pour ensuite sortir plusieurs morceaux de bois d'un demi-mètre de longueur. Il vint les disposer près des plaques de glace dénudées auparavant. La chienne blanche, quant à elle, s'était mise à folâtrer de gauche à droite en humant la neige.

Restait alors à accomplir le plus gros du travail. L'homme se dégrafa et, empoignant le gros vilebrequin, il le plaça sur une des surfaces déneigées. Une main sur la poignée de l'instrument, il y appuya sa poitrine. De l'autre, il se mit à tourner vigoureusement l'outil dont les lames tranchantes entamèrent la glace épaisse. Quelques minutes plus tard, l'eau débordant de l'orifice indiqua que l'homme était parvenu à ses fins. Essoufflé, il se pencha sur le bord du trou et regarda avec satisfaction l'épaisseur vaincue. Les autres perforations furent effectuées de la même manière, avec une légère pause entre chacune. Se servant ensuite du frasil, l'homme accumula de petits monticules dans lesquels il planta des socles fourchus. La froidure eut tôt fait d'immobiliser les morceaux de bois. Après avoir vérifié la longueur de corde à descendre dans les trous, le jeune homme empoigna une chaudière dans le coffre et se rendit près du site d'eau potable. À sa dernière visite au village, François avait acheté deux douzaines de ménés qu'il s'était empressé de placer dans un vivier lesté, immergé à même l'orifice. Maintenant il n'avait qu'à les transvider dans le récipient et appâter chaque ligne.

Le bacul dans les mains de François était parcouru de secousses violentes. L'homme se doutait de ce qui pouvait se trouver à l'extrémité de la ligne. Plusieurs espèces de poissons peuplaient ce lac, mais une seule faisait preuve d'une telle combativité, Esox Lucius, le brochet du Nord, le prédateur des eaux dont le nom latin décrivait bien le caractère. Au cours de pêches estivales, François s'était mesuré à quelques reprises à des spécimens d'une dizaine de kilos qui lui avaient donné beaucoup de misère. L'homme se mit en frais de haler la prise, après l'avoir laissée se fatiguer pendant quelques instants. Il descendit le crochet fixé au bout d'un bâton dans l'ouverture, tout en remontant la corde de l'autre main en la retenant du pied entre le rebord du trou et la semelle de sa botte. Peu de temps après, la gueule immense du poisson, ornée d'une multitude de dents acérées, se montra à l'homme des bois accroupi au bord de la boutonnière. Dès que le poisson aperçut le pêcheur, il rassembla ses énergies et retourna au fond du plan d'eau. François, à qui il avait manqué de couper les doigts, sortit le crochet du trou et se mit à remonter sa prise une nouvelle fois en saisissant une moufle de cuir pour se protéger du tranchant du câble. Une nouvelle fois la ligne s'agita faiblement. La secousse suivante surprit François par sa puissance mais il ne sentit ensuite plus aucune résistance.

« Le monstre a abdiqué », pensa-t-il. Le jeune homme remonta la ligne jusqu'à ce qu'elle apparaisse entièrement hors de l'eau. Au bout, il ne retrouva qu'un hameçon tordu, cassé net. En examinant les dégâts, il laissa tomber, mi-triste, mi-admiratif :

« Bon, tu m'as eu, mon gros, tu mérites une deuxième vie. »

Pendant ce temps, la chienne avait cessé son va-et-vient. Elle était allée s'allonger au soleil, à côté du coffre. Soudain, elle pointa la tête en direction du chalet. Doucement, elle se leva et partit en direction du bâtiment. Quelques instants plus tard, des aboiements enjoués retentirent et François, tournant le visage vers l'habitation, constata que la grosse chienne blanche se dandinait en courant autour d'une personne qu'il ne pouvait reconnaître. Comme il était occupé à changer l'hameçon et à réappâter la ligne, il continua la manœuve avant de se diriger lentement vers le nouveau venu. Les visites se faisaient rares, surtout en cette période de l'année. La réaction de l'animal, surprenait François, puisque habituellement chaque bruit suspect faisait grogner et aboyer la bête même à l'intérieur du chalet. À mesure qu'il s'approchait, François éliminait des hypothèses : la personne qui accompagnait la louloute devait être connue de celle-ci, sinon comment aurait-elle pu jouer avec l'animal ? Une voix lui parvint. C'était une voix féminine. Au fur et à meure de son approche, il lui semblait la reconnaître, la silhouette non plus ne lui était pas étrangère.

La femme se retourna, et François reconnut Bonita.

« Bonjour. Beau soleil, n'est-ce-pas ?
- À qui le dites-vous...
- Vous savez, l'autre jour, au restaurant, vous m'avez intriguée avec votre lac d'Argent. Comme la journée s'annonçait radieuse, je me suis risquée à venir voir.
- Vous êtes la bienvenue. Ma chienne vous apprécie à ce que je vois.
- Si je ne me suis pas mise à votre recherche aussitôt arrivée, c'est que la rencontre était agréable. J'aime beaucoup les chiens. »

Le couple descendit lentement vers le lac. François, au passage, entrouvrit la porte du chalet pour y prendre les victuailles préparées le matin même. Ils poursuivirent leur chemin jusqu'aux lignes immobiles.

« Je commence à avoir un petit creux, dit François en regardant la jeune femme. Ça vous tente de partager mon repas ?
- Avec plaisir. »

L'homme des bois sortit du coffre une couverture qu'il posa sur le couvercle. Pendant que la femme admirait le paysage aux contrastes accentués par le soleil aveuglant de l'hiver réfléchi sur la neige, le jeune homme s'en alla quérir deux bûches de bonnes dimensions. Il les ramena, une sous chaque bras, et les déposa près du coffre. Il fit signe à la femme de s'asseoir.

« Bienvenue dans ma salle à manger ! Pas trop à l'étroit, j'espère ? »

L'homme sortit de sa poche les sandwichs pendant que son invitée prenait place. Boni esquissa un sourire et laissa tomber :

« Vraiment magnifique votre lac.
- J'aurais voulu vous le décrire plus en détail l'autre jour, mais rien ne vaut une séance d'observation.
- Vous avez raison, les mots sont superflus, vous êtes vraiment privilégié.
- C'est ce que je me dis chaque matin.
- Pour revenir à la chienne vous allez sûrement être déçu.
- Pourquoi ? questionna l'homme.
- Cette chienne m'appartient, je l'ai perdue au début de l'hiver, je la pensais morte. »

La phrase prononcée par la femme assombrit le regard de François.

« Je me demande comment elle s'est retrouvée ici. »

Le jeune homme lui raconta comment, quelques mois auparavant, il l'avait secourue.

14

L' homme des bois n'avait presque pas mis le nez dehors ces derniers temps. Ses journées s'écoulaient en lecture. L'absence de l'animal lui faisait plus de peine qu'il ne l'avait pensé.

François avait senti un pincement au cœur lorsque Boni s'en était allée au chemin Cantin, la chienne blanche assise à côté d'elle sur la banquette de son véhicule. Les aboiements étouffés de l'animal résonnaient dans sa tête lorsqu'il jetait un coup d'œil sur le tas de chiffons abandonnés qui composaient la couche de la bête aimée. Pour tromper sa mélancolie, l'homme décida de mettre ses raquettes et d'aller faire une promenade dans les environs. Après une heure de marche, il revint au chalet libéré de sa tristesse. Il enleva ses vêtements humides et les disposa près du trois-ponts pour les faire sécher. Une idée folle lui vint à l'esprit en cette fin d'après-midi: il avait le goût de voir quelqu'un, de passer une soirée à jaser de tout et de rien, de blaguer et de sentir une présence humaine. Ce sentiment, François Berger ne l'avait pas éprouvé depuis plusieurs mois. En fait, depuis la mort de Claire Larouche, il s'était bien relativement bien accommodé de sa solitude. Mais ses réflexions lui avaient

apporté une meilleure connaissance de lui-même:
une chose était réglée dans sa tête, il n'avait pas
l'âme d'un solitaire. Sa perception de Bonita n'était
plus la même, son comportement vis-à-vis d'elle au
cours de sa visite impromptue au lac d'Argent l'en
avait convaincu.

L'homme enfila prestement de nouveaux vêtements et s'installa au volant de son automobile.
Comme à son insu, il s'écria en démarrant :

« Direction chemin Cantin, mon bonhomme...
En voiture. »

15

Un aboiement, suivi d'un concert de hurlements : c'était là la sérénade habituelle pour Bonita, chaque soir, à la brunante, lorsqu'elle faisait la distribution de nourriture aux bêtes.

La femme prenait la peine de prodiguer mots et caresses à chaque chien. Le rituel durait une bonne demi-heure. Cette relation spéciale entre l'humain et la bête était une étape importante du dressage des chiens de traîneaux. Créer la dépendance psychologique et physiologique. Cette phase du dressage, Boni la savait cruciale, et elle y mettait toutes les énergies nécessaires. Un musher expérimenté des courses en traîneaux à chiens l'en avait entretenue peu après qu'elle eut pris la décision d'investir dans un attelage. Son nouvel apprentissage de la manière d'élever les bêtes avait débuté quelques mois auparavant. Déjà les résultats obtenus étaient satisfaisants. La perte de Neige, l'automne dernier, avait bien ralenti Bonita, mais le retour récent de la chienne avait ajouté une dose de motivation à son travail. De toute façon, la femme savait qu'elle avait entrepris là une besogne de longue haleine. Elle s'y adonnait chaque jour avec calme et détermination. La quinzaine de petites maisons disséminées à proximité du bois d'épinettes, à l'arrière de son domicile, constituaient le lieu de travail de Bonita. Elle y passait une bonne partie de la journée. Que ce soit pour réparer, dans le petit atelier adjacent, les attelages ou les traîneaux, pour soigner une bête blessée, c'est de cet endroit que partait son sentier d'entraînement qui sillonnait la montagne.

Après que chaque animal eut reçu sa ration, le calme s'installa. Seul le bruit des langues et des dents des chiens, le nez dans leur pitance, interrompait le silence du début de soirée. Bonita se coucha à quelque distance, dans la neige, et goûta ce moment magique. Les étoiles scintillaient déjà dans le crépuscule de Matawinie. Un envoûtement la gagna, comme à chaque fois qu'elle regardait le ciel. Qu'elle était belle cette toile immense, avec les curieuses formes en casserole, les deux ourses, et Vénus, planète qui attire particulièrement notre attention par sa brillance. La femme, sous le dôme lumineux, se trouvait hypnotisée, regardant le ciel tout entier. Parfois, le passage d'un satellite venait la distraire du souffle d'éternité qui entrait dans ses poumons au rythme de sa respiration. Un sentiment bizarre l'envahissait toujours quand elle observait ainsi la voûte céleste étoilée. Elle se sentait toute petite en ces moments-là, comme bercée, abandonnée dans les bras de l'infini.

Son moment de contemplation terminé, Boni se releva et prit le chemin de la maison par le petit sentier creusé de ses multiples allées et venues. La jeune femme avait l'habitude de manger en dernier, après un léger répit. Elle pénétra dans sa demeure et tendit l'oreille une dernière fois en direction des bêtes repues. Déposant ensuite ses vêtements sur la patère, la jeune femme se dirigea vers la salle de bain. Elle fit couler l'eau et considéra avec un sourire le chaud liquide qui s'accumulait dans sa baignoire sur pattes, vieille de plusieurs dizaines d'années. Venait ensuite le moment de gâterie que la femme aux chiens se permettait chaque jour. Après une rude journée en plein air à gravouiller çà et là, elle prenait soin de sa jolie personne. Plusieurs fois, Boni s'était questionnée sur le sens des ablutions de fin de journée auxquelles elle tenait. Peut-être lui rappelaient-elles la chaleur de son pays d'origine. Elles faisaient peut-être aussi contrepoids à la rudesse du climat hivernal. La femme aux cheveux de jais quitta ses derniers vêtements et, après avoir ramassé sa longue chevelure sur le dessus de la tête, elle plongea dans le liquide réconfortant. Tandis que, les yeux clos, elle évacuait de sa tête toute pensée, la femme entendit un aboiement à l'extérieur.

Comme le silence revint aussitôt, Boni pensa que la course d'un lièvre avait attiré l'attention des chiens. Quelques instants plus tard, un concert d'aboiements de plus en plus agressifs l'avertit d'une présence étrangère. Des pas retentirent sur la galerie avant.

« Qui est là ? » lança-t-elle d'une voix assez forte pour être entendue de l'extérieur.
- C'est moi, François Berger.
- Entrez vite avant de vous faire manger tout rond. L'homme tourna la poignée de la porte et fit son entrée dans la demeure. Je suis à vous dans un instant. »

L'homme des bois enleva son parka et ses bottes, conservant toutefois aux pieds leur doublure de feutre. Il reprit ensuite le sac qu'il avait déposé par terre en entrant et, traversant le petit vestibule, se retrouva dans la cuisine. Il promena le regard alentour puis s'avança en direction du poêle et de la berçante contournant la table carrée aux chaises tressées. La chaleur de l'intérieur du domicile de Bonita, le frappa. Tout était sobre mais confortable. Il prit place dans la berçante. C'est alors que Boni apparut, sortant du couloir qui menait à la salle de bain. François resta muet devant la jeune femme. Pieds nus, un peignoir blanc à mi-cuisse, cheveux défaits, elle vint s'asseoir à table, face à lui.

« Bonsoir Bonita, laissa échapper l'homme des bois un peu gêné.

- Vous m'avez prise à l'heure du bain, fit la jeune femme.
- Excusez-moi, je le saurai pour la prochaine fois.
- Ce n'est rien, fit Boni. Si on ne faisait que ce qui est susceptible de ne pas déranger les autres, la vie serait composée de temps morts plus souvent qu'autrement.
- Pleinement d'accord avec vous », dit l'ingénieur.

La jeune femme glissa un regard furtif vers le sac de papier qui reposait sur la table.

« Depuis quelques jours, je m'ennuie. En fait depuis que vous avez ramené votre chienne, mon chalet semble beaucoup plus grand.
- Je vous comprends François, je me sentais drôle l'autre jour de vous l'enlever. Comme vous avez pu vous en rendre compte, les chiens ne manquent pas ici. Je vous les ferai voir, vous n'aurez qu'à en choisir un dans la portée d'automne.
- Vous êtes vraiment gentille, dit François.

- Qu'y a -t-il dans ce sac ? questionna Boni curieuse.

- Voilà, je me disais que j'avais le goût de passer une soirée agréable en prenant une coupe de vin, comme ça, tout bonnement.

- Contente que vous ayez pensé à moi, laissa tomber la femme aux longs cheveux. Je n'ai pas encore soupé. Je vous invite ?

- Parfait, je ne me suis rien mis sous la dent depuis ce midi.

- Je mets le couvert, et on se tape une bonne bouffe ! » dit Boni.

L'homme acquiesça d'un signe de la tête. La femme tourna le dos et se dirigea vers les armoires. Elle ouvrit une porte et saisit quelques pièces de vaisselle. François remarqua sa cuisse élancée qui émergeait du peignoir. Sa chevelure noire aux rayons chatoyants descendait à mi-dos et faisait contraste avec la blancheur du tissu éponge.

« Qu'elle est belle », pensa-t-il.

Se sentant observée, la femme lui demanda : « Si vous voulez bien, prenez les mitaines isolantes à l'arrière du poêle et sortez la marmite du four »

L'homme des bois s'exécuta. Il posa le contenant brûlant sur le centre de la table.

« Servez-vous un verre de vin pendant que je vais me changer. Le tire-bouchon est accroché dans la deuxième armoire à droite. »

Bonita disparut à l'arrière de la maison. François sortit la bouteille du sac. Une cuvée honnête trouvée sur une étagère de la Régie des alcools à Saint-Michel. Après l'avoir ouverte, l'homme porta le bouchon à son nez. Ce geste, maintes fois posé par le passé, lui rappela les bons petits soupers aux chandelles partagés avec Claire. Boni réapparut dans un jeans et une chemise à carreaux noir et or. Les manches roulées laissaient voir ses poignets menus et ses mains solides et fines.

« Me voilà, nous pouvons commencer. Avez-vous regardé ce qu'il y avait de bon dans le pot de grès?

- Non, je voulais vous attendre.

- Trinquons, je vous montre après, fit Bonita.

- Je lève mon verre à la Matawinie et à Saint-Zénon, notre merveilleux pays d'adoption! » lança François.

Leurs regards se croisèrent, puis ils portèrent le verre de vin à leurs lèvres.

16

Un oreiller éventré en plein milieu du chalet et des vêtements éparpillés dans tous les coins, François Berger crut être victime de vandalisme à son retour des commissions. L'homme cherchait une explication quand il aperçut deux yeux turquoise à hauteur du plancher, qui l'observaient du fond de la pièce. Le chien leva la tête mais resta couché sur une couverture. D'un air racoleur, la bête branla sa queue noire, guettant la réaction de son maître. François Berger parcourut à nouveau du regard le capharnaüm pour s'assurer qu'il était réel.

« Sa-cra-ment ! » laissa-t-il tomber.

Il fit ensuite rapidement le tour du chalet pour constater les dégâts. Une seule pièce était dans un ordre relatif. Dans sa précipitation, dès qu'il entra dans sa propre chambre, il perdit pied et se retrouva les quatre fers en l'air. En se relevant, il se rendit compte qu'il avait glissé dans les excréments du chien, y mettant même les mains. Une colère bleue monta à ses tempes. Il revint sous la verrière à la recherche de l'auteur du gâchis. La bête n'avait pas bougé de l'endroit où elle se trouvait. Ses grands yeux, plantés au milieu des lunettes blanches et noires du haut du crâne, ne parvinrent pas à calmer l'homme qui se mit à crier à tue-tête : « Qu'est-ce que t'as fait là ... hein, Beaux-Yeux ? »

L'homme des bois se dirigea précipitamment vers l'animal penaud. Il l'accrocha par son collier, le soulevant de terre. La bête restait silencieuse, regard affolé et langue pendante. François Berger la traîna jusqu'à l'extérieur. Saisissant la chaîne suspendue à une branche basse, l'homme attacha le coupable à sa cabane et lui donna une taloche magistrale sur l'arrière-train.

« Va te coucher, chien sale ! »

En geignant, l'animal se réfugia, queue pendante, au fond de sa niche, plus terrorisé par le ton de la voix que par le coup, amorti par le poil épais. L'homme resta planté là, en prenant de grandes respirations pour se calmer. Après quelques minutes, il entra dans la maison toute chambardée et se dirigea vers la salle de bain où il se lava les mains, en palpant celle, douloureuse, qui avait châtié l'animal. De retour dans la verrière, François enleva duvet et bottes en cherchant du regard ses pantoufles. Il les repéra à proximité, tout en jetant un regard à l'extérieur vers le refuge du chien. Celui-ci paraissait abandonné. Seule la chaîne tendue par saccades trahissait la présence de l'animal qui tremblait de crainte à l'intérieur.

« T'es mieux de rester caché dans ton trou, mon sacripant! » lança François encore en colère.

L'homme, en continuant de regarder sévèrement la niche enfila une première pantoufle. Distraitement il chaussa la deuxième, en pensant à la besogne qui l'attendait pour tout remettre en ordre. La pantoufle lui sembla inconfortable; il se rendit compte que son gros orteil en émergeait, et sa bonne humeur lui revint :

« Ça parle au diable... un chien mangeur de pantoufles en plus, on aura tout vu ! »

17

Bonita avait beaucoup apprécié la visite de François Berger. Comme les convenances n'étaient guère son genre, l'arrivée de l'homme du lac d'Argent, à l'improviste, chez elle, l'avait agréablement surprise. Lors de leurs dernières rencontres, elle avait remarqué qu'il se détendait peu à peu. Quand il lui avait avoué s'ennuyer, Boni, pour la première fois en sa présence, avait senti la vulnérabilité chez ce grand gaillard. Cette caractéristique chez un homme attendrissait Bonita. Elle avait toujours eu horreur des mâles protecteurs qui, à chaque instant, restaient maîtres de la situation.

Certaines appréhensions étaient tombées, aussi, au rythme de leurs échanges. Lors de la partie de pêche, elle avait cru comprendre que l'homme vivait seul. Elle en avait eu la confirmation au cours de leur discussion au chemin Cantin, quand François lui avait raconté la perte de Claire.

Les deux immigrés de Matawinie, ce soir-là, après quelques confidences, avaient rigolé comme larrons en foire. Comme des amis qui se retrouvent après de longues années d'absence. La virée s'était prolongée tard dans la nuit, jusqu'à ce que le sommeil gagne la jeune musher et l'oblige à expédier François dans la chambre qu'elle réservait à ses visiteurs . L'homme s'était réveillé plus tard qu'elle le matin, juste au moment où la jeune femme et son attelage prenaient le bois pour leur entraînement. Casquée d'une chaude tuque de laine aux couleurs gaies, la femme aux chiens lui avait fait un signe de la main tout en courant derrière le traîneau. Une heure plus tard, alors que François sirotait un café fumant, l'attelage était de retour. Les bêtes, langues sorties, étaient l'image même de l'effort.

Bonita ancra le traîneau, et attacha le chien de tête après un robuste piquet. Elle se mit ensuite à retourner chacune des onze bêtes à sa niche respective. Dans l'attente, quelques chiens mangeaient la neige avidement, histoire de se désaltérer après la balade éreintante dans la montagne. Les autres, couchés déjà devant leurs cabanes, en profitaient pour croquer les glaçons qui s'étaient formés entre les coussinets de leurs pattes puissantes. Peu de temps après, toute la meute silencieuse somnolait au soleil radieux de la matinée printanière.

Boni avait pris plus particulièrement soin de son chien de tête. Un mélange impressionnant de samoyède et de malamute. Elle savait qu'en gagnant sa confiance, elle obtiendrait un meilleur rendement des coursiers des neiges. François était en admiration devant cette femme résolue qui avait choisi une vie rude mais remplie de satisfactions. Après en avoir terminé avec les bêtes et le traîneau, la jeune femme, d'un pas leste, s'était dirigée vers la maison.

« Bonjour François, bien dormi ?

- Comme une bûche Bonita...

- Un peu courte, la nuit, peut-être, fit la musher dans un sourire... Avez-vous déjeuné ?

- J'ai trouvé du gruau sur le poêle, je me suis servi.

- On prend ses aises, taquina la jeune femme tout en allant s'asseoir. Je me repose un peu, nous irons choisir votre chien après... si ça vous tente ?

- Prenez votre temps. Comme on dit chez nous, on travaille pas pour le diable. »

18

Le plan d'action de Bonita allait bon train. L'art de l'élevage des chiens pénétrait peu à peu les fibres de son être. Certains jours, elle se sentait presque comme un animal, même si elle essayait de se convaincre du contraire. Le peu de liens qu'elle entretenait avec les humains laissait des traces à l'intérieur de sa personne. Deux périodes de chaque lune appelaient la bête en elle, lui faisant apprivoiser les pulsions ataviques endormies depuis des générations dans ses gènes. Depuis que la femme aux chiens s'était retirée à Saint-Zénon, elle avait repris possession de son corps. Et l'observation attentive des phénomènes qui le régissent lui révélait une foule de secrets sur l'existence humaine. Ainsi, lorsqu'elle se sentait à l'approche de l'ovulation, un pincement à l'utérus et des désirs troubles l'envahissaient parfois. La seule vision d'un des mâles de la meute lavant de sa langue son organe sexuel la troublait.

Cette sensation ne durait qu'une journée ou deux. Mais, la nuit venue, parfois, elle s'éveillait en sueur ressentant une congestion agaçante au creux du ventre.

« L'appel de la vie parle dans mon corps », se disait-elle alors.

Quant aux bêtes, menées en bonne partie par leur odorat, dès que la femme avait ses règles, elles ne se gênaient pas pour fouiner du museau entre ses jambes dès qu'elle était à leur portée, afin de renifler les odeurs menstruelles. Cette attitude animale, lors de la distribution de nourriture quotidienne, l'impatientait quelquefois. Mais elle en comprenait en même temps la dynamique et s'en accommodait. La femme avait parcouru plusieurs récits avant de choisir la vie de musher. Elle en connaissait les aléas comme les grandeurs. Elle se laissait instruire aussi par les animaux.

Boni avait une idée bien arrêtée de ce qu'allait devenir la meute au moment où elle avait pris possession des premiers chiens, l'été précédent. Son premier achat se composait de quatre bêtes, Neige et trois jeunes huskies fougueux. Dès le départ, elle s'était prise d'affection pour la grande chienne à la queue en panache. L'animal avait fière allure. Une belle chienne dominante, se disait Bonita. Une semaine plus tard, avant que les trois huskies ne déterminent entre eux qui serait le chef de meute, la femme s'était procuré quatre autres chiens. Lanzo, chien de tête de fort prix, une femelle husky et deux sibériens croisés, vigoureux. Ses dernières acquisitions, début septembre, se composaient d'une husky prête à mettre bas et de deux samoyèdes gros-doux. Le propriétaire du chenil où Boni s'était procuré Neige avait certifié ses bêtes d'après leurs pedigrees. Les animaux étaient de bonne souche et avaient tout juste un an. La femme aux chiens résolut donc d'attendre avant d'accoupler Neige à Lanzo. L'achat de la chienne husky pleine la pourvoirait pour le moment en recrues. La grande chienne blanche et sa compagne husky de la deuxième portée avalèrent donc des anovulants à même leur platée, afin de calmer leurs chaleurs.

Les achats terminés, Bonita était très satisfaite de sa meute. Selon ses hypothèses, ce mélange de bêtes de races différentes devait donner, en course, de bons résultats.

La femme avait passé le plus clair du mois d'octobre à manier la scie à chaîne pour aménager son sentier d'entraînement long de six kilomètres. Elle avait heureusement pu bénéficier du travail de l'ancien propriétaire des lieux, un homme qui y avait tenu déjà un ranch. La femme n'avait eu qu'à modifier en quelques points les sentiers d'équitation, les dégager des arbres tombés au fil des ans, et en éliminer une trentaine d'autres le long du parcours avec l'aide d'une jeunesse de Saint-Zénon. Ce travail éreintant lui avait permis de maintenir sa condition physique avant l'entraînement hivernal exigeant. C'est lors de ces dernières journées de travail dans le sentier que Boni avait perdu Neige dans la nature.

L'entretien des pistes, l'hiver, nécessitait un équipement sommaire composé d'une motoneige à laquelle était fixé un genre de rouleau. Ainsi les bêtes pouvaient profiter d'une piste compactée propice à la vitesse. Dès que le ciel libérait une chute de neige importante, il fallait toutefois enfourcher l'engin motorisé pour rendre au sentier ses propriétés. Bonita avait calculé que l'entraînement de cet hiver et des mois à venir la mènerait aux standards d'excellence exigés pour joindre le circuit de courses national. Elle envisageait donc la prochaine saison comme une étape nécessaire dans le développement de ses projets.

19

L' homme des bois avait eu du mal à plusieurs occasions avec Beaux-Yeux. La bête l'avait rendu tellement morose qu'il songeait sérieusement à s'en départir. Les dernières semaines avaient été pour lui un enfer. L'animal, autant à l'intérieur qu'à l'extérieur, avait réussi à l'exaspérer presque à sa limite. François, qui n'était pas particulièrement satisfait de son comportement face au jeune canidé, avait tout essayé. Douceur, récompenses, cris, privations. Sans résultat. Parfois l'animal donnait des signes encourageants pour, le lendemain, retomber dans les pires travers.

Ce matin-là, le jeune animal semblait dans de bonnes dispositions. Un temps gris mais doux faisait fondre la neige. François décida de profiter de ces conditions favorables. Il attacha le husky à l'extérieur et se mit à popoter. Depuis quelque temps, l'homme cuisinait. Ce qui au début prenait des allures de débarras avait évolué au fil des ans. Ainsi, le jeune homme qui, dans ses derniers temps avec Claire, prenait le repas de midi dans les petits restaurants de Montréal avec des collègues de travail, le soir venu s'exerçait dans des menus, histoire de se détendre. Lorsque sa compagne était en ville pour quelques jours, il donnait même dans la gastronomie afin de la dorloter un peu. C'était là le prétexte à de longues soirées en tête-à-tête. Depuis l'été dernier, son art culinaire avait pris une tout autre tangente. Plus que jamais, l'homme prenait conscience de l'importance de ce qu'il mettait dans son estomac.

« Aujourd'hui c'est la journée du pain », avait annoncé François Berger.

Dès que le chien se fut retrouvé à l'extérieur, l'homme nettoya la table, sortit les ingrédients nécessaires et les disposa face à lui sur la surface de bois. Après avoir terminé la première étape qui consiste à incorporer eau tiède, huile, levure et un peu de sucre à de la farine de blé, le jeune homme avait couvert sa préparation. Il alla ensuite se prélasser dans sa grande chaise berçante coussinée en attendant que la pâte lève à l'abri. François chercha du regard le jeune animal laissé à l'extérieur; la bête était couchée, nez au vent, oreilles pointées, tous sens en éveil. Pour la seconde fois, il l'admira. Le matin où il avait choisi le jeune chien parmi les quatre rejetons que Boni avait gardés de la portée d'automne, il avait trouvé à l'animal une grâce et une beauté sauvages. On décelait dans les traits du canidé ses origines proches parentes du Canis Lupus, le loup des bois du Nord québécois. Le dessus du corps de l'animal, de l'extrémité de la queue jusqu'à hauteur des yeux, était gris brun avec des pointes qui descendaient sur les joues. La fourrure du dos allait ensuite en dégradé, jusqu'au blanc crème sous le ventre et aux quatre pattes. Son poil court, ses petites oreilles et sa taille trahissaient cependant son identité. Pour un œil non exercé la bête en liberté pouvait facilement passer pour un loup. Tandis qu'il se surprenait à admirer l'animal, François se rappela aussi des hurlements du chien en quittant sa famille aux longs crocs du chemin Cantin. Il se souvenait du regard de Bonita quand il était monté dans son automobile pour venir chez lui. La jeune femme lui avait paru triste.

« Peut-être n'était-ce qu'un jeu de mon imagination », se dit-il.

Elle avait bien trop à faire avec ses bêtes pour perdre le gros de son temps avec lui. Plus tard, tiré de ses réflexions, François jeta un coup d'œil au plat de bois; une heure avait bien dû s'écouler. Le linge bombé lui indiqua que la levure avait fait son travail. Il se dirigea vers la table et enleva le tissu. Le pain fit voir son bedon gonflé. L'odeur douceâtre émanant du mélange monta à ses narines. L'homme s'en alla mettre une couple de rondins dans son trois-ponts afin d'en élever la température. Il passa ensuite à la chambre d'eau se laver les mains dans le vieux plat émaillé bleu. L'étape suivante était celle que l'homme préférait. Il alla tout d'abord tourner la clef du tuyau afin que le poêle tire. Le ronronnement familier se fit entendre et, en un rien de temps, la température du chalet s'éleva. François déboutonna sa combinaison de laine et la descendit par-dessus son pantalon. Arrivé à côté de la table, il donna un coup de poing dans la pâte qui dégonfla immédiatement. Au même moment, le chien, à l'extérieur, se mit alors à aboyer en sautillant au bout de sa chaîne. François continua son travail jusqu'à ce qu'il aperçoive Bonita passant devant la verrière. La femme le salua de la main et alla prodiguer quelques caresses à l'animal aux yeux turquoise. Elle entra ensuite dans la maison.

« Bonjour François.

- Salut Bonita.

- Qu'est-ce que tu fricotes là ? demanda la jeune femme.

- Du bon pain de ménage, répondit François.

- C'est bien la première fois que je vois ça au Québec, fit Boni surprise.

- Tu as raison, c'est pas trop habituel.

- Lorsque j'étais jeune, j'ai bien vu ma grand-mère et quelquefois Conchita en confectionner, mais depuis mon arrivée ici... »

L'homme, concentré sur son travail, cessa de parler; et la femme s'installa afin d'observer le grand mâle tourner et retourner vigoureusement la pâte. Le rituel silencieux avait quelque chose d'envoûtant pour elle. Elle regarda les muscles pectoraux de l'homme des bois se contracter. Il y avait quelques traces de farine sur les poils bruns de sa poitrine. Au rythme du pétrissage, l'homme ajoutait de la substance poudreuse. De temps à autre, il lâchait la motte et la pressait du doigt pour vérifier si la pâte contenait suffisamment de farine.

« Veux-tu me passer la casserole qui est sur le comptoir », demanda François.

La femme constata que celle-ci contenait de petites graines brunies.

« Pose-la sur la table, s'il te plaît. Je mets depuis quelque temps des graines de sésame dans ma recette, ça donne un p'tit goût », continua-t-il.

En déposant le récipient, Boni sentit la légère odeur de sueur qui émanait de François Berger. Loin de la rebuter, elle produisit chez elle un drôle d'effet. Elle alla reprendre sa place et continua à observer. Qu'il est bien musclé, pensa-t-elle. Pas trop, juste ce qu'il faut, un corps sain, désirable. Quelques gouttes commençaient à perler au front de l'homme.

« Me donnerais-tu les moules ? »

La femme alla quérir les deux récipients. Elle les déposa près du boulanger amateur. Le jeune homme sépara la motte en deux; après avoir façonné les deux parties il les mit dans les contenants, les recouvrit et essuya la table.

« Voilà, fit-il en secouant les mains. Laissons-les lever un peu; ensuite il restera la cuisson. »

Bonita, observatrice jusqu'alors, laissa tomber d'une drôle de voix :
« Merci, François.
- Pourquoi ? demanda l'homme amusé.
- Parce que tu viens de me faire vivre un beau moment... Lorsque tu travaillais ta pâte, je t'ai trouvé beau. »

François regarda la femme, un peu gêné. Il alla s'asseoir dans la berçante en lui tendant les bras. Elle s'installa sur ses genoux et posa la joue sur son épaule accueillante.

20

Les performances de l'attelage de Boni plafonnaient depuis deux semaines. Les journées de plus en plus chaudes qui amollissaient son sentier annonçaient le printemps en Matawinie. La jeune femme devait donc atteler tôt le matin, ou à la nuit tombée, pour profiter du durcissement provoqué par l'abaissement des températures. Bonita se consolait à la pensée des mois de répit qui l'attendaient. Depuis peu la musher avait testé les huskies de la portée d'automne en les essayant un par un au cours de balades en montagne. Du quatuor, deux bêtes avaient donné les meilleurs signes. C'était là un pourcentage normal pour les chiens qu'on dresse à faire flotter les traîneaux sur la neige. La femme les laisserait faire preuve à quelques reprises de leurs possibilités au cours de la saison estivale, avant de choisir définitivement lesquels elle garderait pour le prochain hiver.

Après avoir fait le tour de sa première année d'entraînement, Boni en évalua tous les aspects pour planifier la campagne suivante. De la fin avril à la mi-juin, on pouvait faire relâche au niveau de l'entraînement des bêtes. Cette partie de l'année servait à regarnir les côtes des animaux qui avaient perdu presque toute leur graisse à l'effort. On en profitait aussi pour réparer ou changer les traîneaux, et pour améliorer l'équipement d'entretien des pistes.

Bonita, côté forces, avait répertorié plusieurs facteurs. Son chien de tête lui avait prouvé tout au long de l'hiver sa grande valeur. La bête de trois ans et demi l'avait séduite par sa vaillance et son courage. À plusieurs occasions, alors que le reste de l'attelage avait été enclin à prendre des vacances, Lanzo les avait entraînés dans son sillage vers des prestations respectables. Boni avait reconnu dans l'animal un atout majeur pour le développement de son groupe puisque son chef de meute avait encore plusieurs bonnes saisons devant lui. Déjà la bête justifiait l'investissement qu'elle avait consenti pour l'acquérir. Venait ensuite la piste d'entraînement. La jeune femme estimait que le sentier à flanc de montagne, auquel elle attribuait la cote difficile, pouvait l'avantager à long terme. Les bêtes, une fois en course officielle, trouveraient tout autre tracé agréable à côté du calvaire qu'elle leur imposait chaque jour. Ses traîneaux, aussi, lui procuraient beaucoup de satisfaction. Elles les avait acquis chez un vieil Atikamekw de Weymontachie. L'homme qui s'adonnait à cet art pour son propre plaisir avait accepté de les lui construire en mettant son   savoir ancestral au service de la jeune femme. Au cours de leurs rencontres, une amitié s'était tissée entre les deux êtres. La femme aux chiens avait hâte d'ailleurs de lui dire toute la satisfaction qui l'habitait après la saison où elle avait mis le matériel de l'Indien à rude épreuve.

Côté faiblesse, la plus évidente identifiée était l'alimentation. Ses chiens manquaient de ressources quelquefois. À part une nourriture déficiente,

Bonita ne pouvait trouver d'explication à cette carence. Son inexpérience pouvait être considérée comme une lacune, mais elle estimait s'être suffisamment améliorée au cours de l'hiver pour entrevoir la prochaine saison avec optimisme.

21

François Berger, cantonné au lac d'Argent depuis quelques jours, se pinçait pour s'assurer qu'il ne rêvait pas. Les derniers événements se bousculaient dans sa tête. Depuis la dernière visite de Bonita, il se sentait tout drôle. Comme si, suite aux deux journées qu'ils avaient passées ensemble, il ne pourrait plus jamais se trouver en sa présence sans ressentir une profonde gêne. Jusqu'au jour du pain, leurs approches avaient été civilisées pensait-il.

« Comment diable avaient-elles pris cette tournure ? »

L'homme repassa les événements dans sa tête. Ils lui apparaissaient dans toute leur clarté. Lorsque Boni avait pris place sur ses genoux, François n'avait pas soupçonné ce qui allait s'ensuivre. Tout au plus pensait-il à un baiser tendre et à quelques caresses. Mais après les instants où il avait bercé tout gentiment la femme, elle avait posé la bouche sur son cou et caressé des doigts sa jeune barbe. Surpris, l'homme avait déposé une main sur sa cuisse. C'est alors que Bonita, laissant toute pudeur de côté, était passée à l'action. Elle avait regardé le visage de l'homme des bois langoureusement et pris possession de ses lèvres. Sa langue insistante était venue rapidement à bout des résistances de François. Le baiser prolongé qu'ils avaient échangé ensuite les avait menés l'un et l'autre à une excitation troublante. C'est alors que la femme s'était levée tout d'un trait pour enlever ses vêtements en face de l'homme gagné. Les deux seins galbés découverts ne firent qu'accentuer le désir de l'homme des bois. Lorsque la femme enleva sa petite culotte, l'homme vit son mont de Vénus. S'approchant ensuite, François saisit Boni par les hanches et déposa plusieurs baisers sur son corps. D'abord sur son ventre puis ses cuisses... Ses mains saisirent ensuite les seins. Il prit un mamelon dans sa bouche. La femme soupira, releva la tête et goûta aux caresses en frissonnant. L'homme l'enlaça de ses bras, posa la tête sur le ventre de la femme aux cheveux de jais, comme pour l'emprisonner. Elle mit une main sur son front et le poussa vers l'arrière en l'embrassant encore gloutonnement. Elle reprit l'initiative en défaisant la ceinture et la fermeture éclair de Berger. L'homme se leva, elle le déshabilla. Posa un baiser dans le poil de son nombril en effleurant au passage son pénis excité. Prenant ensuite l'homme par les épaules, elle le poussa doucement dans la chaise berçante. Il s'y installa. Boni observa le corps de son regard fiévreux avant de venir s'asseoir face à lui. Le couple se mit à osciller lentement sur les berceaux s'embrassant goulûment. Boni sentait l'organe mâle qui glissait lentement sur sa vulve. Ils continuèrent quelques instants le mouvement jusqu'à ce qu'ils commencent à haleter. La femme se releva, saisit la verge durcie de l'homme dans sa main et redescendit doucement sur elle en laissant échapper une plainte. N'y tenant plus, l'homme se releva, empoigna le corps sous les fesses, la femme resta accrochée en ceinturant des jambes le corps musclé qui montrait déjà une peau rosée suite à l'excitation. L'homme amena sa partenaire jusqu'à sa chambre, la déposa sur le lit et l'assaillit au plus profond de ses coups de bassin lents et voluptueux. Ce n'est que bien plus tard qu'ils cessèrent leurs jeux érotiques complètement assouvis dans leurs corps. Bonita sauta du lit pour aller à la salle d'eau:

« Brr... il fait froid ici dedans. » François Berger se leva, s'habilla et sortit de la chambre.

« Je fais du feu. » Aussitôt arrivé dans la cuisine, l'homme aperçut les deux pains oubliés.

« Merde, une recette bonne pour la poubelle. »

23

Les clochettes suspendues au-dessus de la porte d'entrée du magasin firent entendre leur drelin-drelin. Madame Salvail sortit de l'arrière-boutique en clopinant. La vieille dame souffrait périodiquement de poussées d'arthrite qui rendaient ses articulations douloureuses. Le temps pluvieux des derniers jours l'avait laissée sans sommeil. Son sourire s'était évanoui en même temps. La clientèle, lorsque la madame faisait la baboune, n'en redemandait pas.

« On peut faire quelque chose pour vous monsieur ? avait laissé tomber la vieille.

Sans répondre à la question, l'homme tendit la mains vers madame Salvail :

« J' me présente, John Fairfax...
- Un nouveau commis-voyageur lança la femme en relevant à peine la main.
- Vous m'avez visé jusse répondit l'homme au français cassé.
- J'ai entendu parler de vous, ma belle-sœur reste à Sainte-Émélie, elle m'a glissé un mot à vot' sujet.

- Les niouse vont vite dans le boutte dit Fairfax.
- C'est pas un tort de savoir à qui on a affaire répliqua la vieille le regard crispé.
- I don't blame you Madam... avec toutte c'qui arrive on sé jama... Madam what vot nom ? madame Salvail. »

L'homme fit une mimique interrogative.

« Comment vous ditte, Madam Sal...vale.
- Non non, Madame Sal-va-ye, comme dans rye.
- OK, OK, j'comprends Madam Salvye.
- Qu'est-ce que vous avez dedans ça à m'offrir fit la vieille en pointant du doigt l'épaisse mallette de cuir déposée aux pieds de l'homme.
- Just a moment Madam. »

Le commis-voyageur prit le lourd objet et le posa sur le comptoir par-dessus une pile de journaux.

« Y'a du stock dans ça, vous zalé vwair... dé batterise, dé lighters, des pelul, dé peng, dé crosswords, j'ai toutte, toutte... »

Une fois la valise ouverte, la vieille se mit à fouiller, glanant ce qui faisait son affaire. L'homme la scrutait d'un air de contentement. Au moins, se disait-il, elle regardait sa camelote. Après avoir fait le tour des objets hétéroclites, la femme prit une commande qui laissa le voyageur de commerce songeur :

« Cé toutte c'que vous zavé d'besoin, Madam ?
- Vous avez des choses que mes autres fournisseurs ont pas, je les prends, pour c'qui est du reste, chu pas pire, fit la vieille ratoureuse.

- P't-êt' que j'ai d'aut' chose pour toé Madam. »

John Fairfax regarda de tous côtés pour s'assurer que personne n'était en vue. Il fit coulisser une fermeture de la mallette aux surprises et en sortit un assortiment de magazines.

« As-tu une closette Madam ? Pendant qu'tu vas r'garder ça deux menut, j'va aller au ticoin...
- Passe en arrière, tout droit au fond », fit la dame.

Le personnage au regard crasse se dirigea vers l'arrière-boutique sous les yeux observateurs de madame Salvail. Dès que le bruit de la porte de la salle de bain retenti, la vieille dame saisit les magazines. Elle en feuilleta quelques-uns, sans grand intérêt, jusqu'à ce qu'elle tombe sur celui qui montrait en première page un homme doté d'attributs physiques disproportionnés. La femme observa à deux ou trois reprises la couverture, puis risqua un coup d'œil à l'intérieur. Elle était à observer le contenu lorsqu'émergeant de l'arrière du magasin, le voyageur lança :

« Y sont beaux lé ti-gars hein Madam ? » La vieille sursauta comme un enfant pris en plein mauvais coup.

« Fais-moi pu jamais de blague de même, des plans pour que j'fasse une syncope. »

L'homme si mit à rire d'un ton niais.

« J'en ai d'aut' dans mon truck, comment tu n'en veux Madam ?
- Dans l'même style que ceux-la, trois, quatre. »

Le grand rouquin osseux sortit pour aller quérir le matériel pornographique. Il réapparut un peu plus tard avec la marchandise enveloppée dans des sacs de plastique. Il posa les magazines sur le comptoir. Madame Salvail les prit et les camoufla rapidement sur une tablette à l'abri des regards in-discrets.

« Combien j'te dois ? »

L'homme fit les calculs et passa la note à la vieille qui maugréa :

« Y s'donnent pas tes liv' de cul... »

Fairfax répondit :

« C'est des beaux gars hein madam Salvye, des maudit' de beaux gars... »

24

Au volant de son camion chargé de boîtes qui laissaient voir leur contenu, John Fairfax avait pris le chemin conduisant à Saint-Michel. À la sortie du village, le soleil qui perçait l'épaisse couche nuageuse lui avait permis d'admirer un des plus beaux paysages de Matawinie, les montagnes situées au nord de Saint-Zénon. Çà et là dans les champs vallonnés, des plaques de terre commençaient à apparaître donnant au sol l'allure d'une gigantesque peau de vache.

« What a beautiful country to make full of money. »

Après avoir lâché cette phrase tout haut, Fairfax se mit à rigoler des vers qu'il avait prononcés.

« Bitch a new fucking poet. »

Le vieux camion avait encore quelques stations à faire avant de revenir à Sainte-Émélie. Trois ou quatre arrêts à Saint-Michel-des-Saints, un à Saint-Guillaume et Saint-Ignace-du-Lac. Le grand homme mince tournait dans sa tête la rencontre avec madame Salvail. Il ne savait pas pourquoi, mais quelque chose lui disait qu'il aurait sous peu à frayer avec elle. La vieille lui avait paru du même style que lui. Un peu fourbe, pas trop scrupuleuse, en plein le genre de monde avec lequel il se sentait à l'aise. En route vers sa prochaine destination, l'homme rousselé jetait, de temps à autre, un regard sur les abords du chemin qui lui était complètement étranger. Il remarqua les multiples rangs qui allaient se perdre dans le bois de chaque côté de la voie asphaltée qu'il empruntait. On voyait à chaque croisée de chemins des boîtes de bois de couleur orange qui contenaient les mélanges de calcium et de sable. Ces abrasifs avaient été fort utiles au cours de la saison hivernale. La route gris blanc en portait encore les signes.

Arrivé à bonne distance d'un des contenants, le commis-voyageur remarqua, près de la route, une femme accompagnée de deux bêtes. Il ralentit son allure. Parvenu à leur hauteur, il s'exclama:

« Wow beautiful dogs ! »

Le rouquin continua de les observer dans son rétroviseur jusqu'à ce qu'il sente ses pneus mordre dans la boue de l'accotement.

« Bitch I'll make a crash ! » lança-t-il en ramenant d'un coup sec son véhicule.

En fin de journée, sur le chemin du retour, il arrêta son camion au même endroit. Il prit un papier sur lequel il inscrivit... Chemin Cantin .

25

L'horloge au long balancier fit entendre dix coups successifs. Madame Salvail se leva de son siège rembourré, presque machinalement, comme tous les soirs. Depuis une vingtaine d'années, la femme observait la même routine. Debout à six heures, petit déjeuner, toilette sommaire, et ouverture de la boutique à sept heures, jusqu'aux nouvelles de fin de soirée. Plus de sept mille jours passés en arrière du comptoir, à servir les enfants qui veulent des bonbons à la cenne, des commères gratteuses et des hommes désirant un paquet de tabac ou deux livres de clous. La vieille s'était échouée au magasin général du village quelques mois après la mort de son mari, draveur sur la Matawin. La faible indemnité de décès, ses économies personnelles et les profits de la vente de leur maison lui avaient permis d'acquérir de la succession Ti-Frid Rondeau, le magasin général de Saint-Zénon. Elle s'y était cloîtrée en fait pour assurer sa pitance. Depuis quelques semaines, tout ça pesait lourd sur ses épaules rondelettes, plus lourd qu'à l'accoutumée.

L'arrivée du petit couple de Montréal avait amené un renouveau dans la vie monotone de madame Salvail. La gentillesse des deux citadins qui s'intéressaient à elle, la vieille haïssable de Saint-Zénon, lui avait redonné le goût de vivre. Quand les deux jeunesses avaient décidé de faire construire au lac d'Argent, elle avait mis à profit tout son monde pour les aider.

Dès que François et Claire lui eurent montré sur papier les plans du chalet, la vieille s'était impliquée dans la réalisation du projet. L'ingérence de la sexagénaire avait impatienté le jeune couple au début; mais l'avancement rapide du chantier et la qualité des travaux effectués par les relations de la vieille marchande les avaient contraints, tout occupés qu'ils étaient dans leurs métiers respectifs, à laisser aller les choses. Il fallait voir madame Salvail se désâmer au téléphone, entre deux clients, le soir venu, pour tout savoir. Sans quitter son magasin, la vieille était au fait de tout. Lorsqu'un doute s'installait dans son esprit, elle n'hésitait pas à envoyer ses espions vérifier sur place si un entrepreneur ne les roulait pas. François téléphonait tous les trois jours; à chaque fois, il était abasourdi par les réponses qu'il obtenait. On eût dit que la maison s'élevait dans la tête de la femme en même temps que le chantier progressait. Le jeune ingénieur admirait le sens de l'organisation de madame Salvail. Il côtoyait chaque jour des professionnels aux diplômes longs comme le bras qui ne lui arrivaient pas à la cheville. L'homme se mit à apprécier le secours de la commerçante. Il n'avait alors qu'à relater les nouvelles à sa globe-trotter d'épouse pour que Claire en reste, d'une fois à l'autre, bouche bée. La construction avait débuté à l'automne; étant donné l'ampleur du projet et la relative rareté des matériaux; François et Claire ne prévoyaient pouvoir entrer en possession de leur chalet qu'au mois de février. Mais madame Salvail avait si bien talonné les contracteurs, qu'avant la fin de l'année, le chantier était terminé. Le couple avait passé alors un des Noëls dont François gardait le meilleur souvenir. Le réveillon, auquel madame Salvait était présente, de même que quelques parents et amis, s'était déroulé sous une fine neige, au rythme des chansons, des histoires et des rires. La fête s'était terminée par une bombance au cours de laquelle la vieille avait remercié ses hôtes par un petit discours touchant, des accolades et des petits becs sucrés à François. Depuis ce fameux réveillon, la commerçante avait commencé à nourrir des sentiments troubles face au jeune homme. Petit à petit, il avait pris dans sa tête et dans son cœur une importance grandissante. Aussi, lorsque la compagne de François avait disparu, l'été précédent, madame Salvail s'était mise à rêver l'impossible. Lorsqu'elle lui avait donné sa recette de pain, au magasin général, elle avait pu l'approcher pour la première fois depuis le Noël qu'elle gardait en mémoire. Dès que l'homme s'était retiré avec le papier griffonné dans les mains, la vieille avait rêvassé une bonne partie du jour. La caisse enregistreuse nickelée ne balançait pas de vingt dollars le soir venu.

Madame Salvail aurait, en tout autre temps, remué ciel et terre pour trouver l'erreur, mais la journée pleine d'émotions, qui lui avait redonné espoir face à François Berger, l'avait laissée comme sur un nuage, à cent lieues des considérations pécuniaires.

26

Un grand camion se présenta face à la vitrine.
Madame Salvail étira le cou pour voir de qui il
s'agissait. La vieille connaissait le véhicule de chacun de ses clients. Elle pouvait dire sans se tromper
qui allait en sortir, dès l'approche. Sa curiosité pi-
quée, elle continuait de regarder dehors lorsqu'elle
vit émerger du camion la femme du chemin Cantin.
En un rien de temps, Bonita gravit les quelques
marches de l'escalier pour se retrouver face à la
vieille à l'intérieur:

« Bonjour madame Salvail, comment allez-vous?
- Pas pire, mes rhumatismes m'ont lâchée hier,
ça s'amieute.
- Contente pour vous, ça devrait continuer, on
annonce encore du beau temps.
- C'est pas trop tôt murmura la boulotte propriétaire.
- À propos, vous n'auriez pas de nourriture à
chiens ici ? demanda Bonita.
- D'la nourriture à chiens, c'est pas chez
l'marchand général que vous allez trouver ça; pré-
sentez-vous chez Yoland Cantara le boucher, y va
vous garder ses restants.

- Justement, ce n'est pas de cette sorte de nourriture dont j'ai besoin, je voudrais de la moulée en poche.

- Moulée en poche vous avez dit... Voyons donc, on nourrit pas les chiens comme des cochons, c'est pas sérieux. »

La vieille se mit à se bidonner, le haut de son corps s'agita au rythme de son petit rire gras.

« C'est ben vous aut' les gens d'la ville...

- Informez-vous. Si vous pouviez m'en trouver, rétorqua Bonita, je m'approvisionnerais chaque mois chez vous, ça m'éviterait d'aller à Joliette. »

La vieille retrouva son sérieux en entendant ces mots, elle questionna:

« Changement d'à-propos, c'est pas vot' truck que vous avez là...

- Non, je viens de changer, l'autre était devenu trop petit, je l'ai acheté ce matin.

- Ouin, on sait ousqual'est l'argent, laissa tomber la commerçante d'un ton envieux.

- Connaissez-vous un bon menuisier à Saint-Zénon ? demanda Boni.

- Pour quel genre de job ?

- Poser une boîte de bois sur mon nouveau camion, répondit Bonita.

- Vot' vendeur vous a pas dit qu'y s'en faisait des belles en fibre ? questionna madame Salvail.

- Ça me prend une boîte sur mesure pour loger mes chiens.

- Vos chiens, ah oui, j'en ai entendu parler y'a une couple de mois; vous entraînez des chiens ? » questionna la commerçante.

La vieille griffonna quelques lignes sur un sac de papier qu'elle refila à Bonita :

« Vous allez sûrement trouver quelqu'un parmi ces noms-là.

- Merci madame Salvail », fit la jeune femme en se dirigeant vers la sortie.

Une vieille fourgonnette fit alors irruption dans la cour, projetant une gerbe de boue sur Bonita. La femme jeta un regard sur le conducteur du rafiot qui se retrouva en un instant dans la gadoue près d'elle.

« Vous venez de me laver joliment, fit-elle d'un ton insulté.

- Excuse moé Miss, j'avais pas vu, répondit l'homme efflanqué.

- Me semble qu'au printemps on ralentit l'allure, quand ça fond », lança la femme de plus en plus excédée par la sensation désagréable que lui causaient ses vêtements souillés.

L'homme se pencha et se mit, du revers de la main, à nettoyer le bas du jeans de Boni.

« Laissez-faire, fit la femme.

- Aïe, Miss, une belle fille comm' toé, ça se choque pas d'même », plaisanta le rouquin en continuant son nettoyage.

« Je vous ai dit que c'était correct, je vais me débrouiller...

- Ôte donc ton bras, y'en a un ti'peu su ton jacket », fit le grand type en se relevant.

Un « paf » sec retentit, en même temps que des rires se firent entendre. Quatre traits rouges apparurent rapidement sur le visage rousselé du grand dadais. L'homme porta la main à sa joue et fit aller sa mâchoire de gauche à droite pour s'assurer qu'il n'avait rien de cassé. Les rires continuaient de plus belle. Pendant ce temps, Boni avait repris le volant et démarré. Fairfax regarda le véhicule s'éloigner.

« OK, OK, ça va faire », s'impatienta le commis-voyageur en jetant un coup d'œil aux enfants perchés plus loin sur un monticule de neige. Loin de décourager les jeunes, la phrase prononcée par l'homme sembla les stimuler. L'un d'eux se mit à scander, imité par les autres:

« Le grand sec a mangé une claque, le grand sec a mangé une claque... »

Les mots de dérision produisirent un effet instantané chez Fairfax qui se dirigea en courant en direction des gamins.

« Tabarnak, vous allez z'y goûter mes ti son of a bitch. »

L'homme saisit des mottons de neige glacée et se mit à les lancer en direction des enfants qui se réfugièrent rapidement derrière le tas de neige. Ce n'est qu'après avoir laissé aller sa frustration en frondant une dizaine de projectiles, que l'homme se résolut à entrer au magasin général.

« Quand tu te choques, tu te choques, mon Johnny, lança madame Salvail, qui l'avait observé de l'intérieur.
- Those fucking bastards I'll kill'em Jesus...
- Montre-moi donc ça, demanda la vieille, pointant du doigt la joue de l'homme encore livide. A t'a pas manqué, mon gars...Ouvre donc la bouche. »

L'homme s'exécuta, la frappe de Bonita avait laissé des traces, un mince filet de sang aux commissures des lèvres en témoignait. Après avoir fait un examen sommaire, madame Salvail tendit un papier mouchoir à l'homme:

« Essuie-toi comme faut, mon grand, va dans l'miroir d'la cuisine, ça va aller mieux après... »

27

En route vers sa demeure, Bonita se massait la main droite, elle ne l'avait pas manqué cet hurluberlu. La douleur qu'elle éprouvait lui donnait une idée de ce qu'avait dû prendre la face de l'homme rousselé. Fière de ne pas s'en être laissé imposer, la femme souriait. Sur son chemin, elle arrêta au téléphone public, face à l'hôtel; après avoir fait quelques appels, elle poursuivit sa route.

La femme aux chiens était satisfaite de sa journée. Le matin, chez un concessionnaire de Joliette, elle avait dû négocier ferme afin de payer un juste prix pour son camion. Le représentant croyant avoir affaire à une néophyte avait vite déchanté. La femme sachant exactement ce qu'elle voulait, il avait dû se résoudre, pour ne pas perdre sa vente, à gruger sur sa commission. L'homme au complet beige et brun n'était pas remis de sa surprise quand, après avoir conclu le marché, sa cliente avait payé avec une pile de billets déposée sur la table de la salle de montre. Estomaqué, le vendeur avait balbutié :

« On appelle ça payer cash.

- Je peux avoir un reçu, s'il vous plaît ? demanda Boni.

- Certainement madame, certainement. »

L'homme n'avait pas cru bon d'ajouter quoi que ce soit face à l'acheteuse sûre d'elle- même. Deux heures plus tard, la femme aux chiens roulait en direction de Saint-Zénon en regardant le paysage printanier sous un nouvel angle. Dans sa position surélevée, Bonita remarqua une foule de détails qui lui échappaient auparavant. Les Sept-Chutes, qui commençaient à gonfler à cause de la fonte printanière, l'impressionnèrent une nouvelle fois.

Oui, vraiment, la journée lui avait permis de régler une foule de choses pressantes. Elle avait rendez-vous, à la première heure, chemin Cantin, le lendemain, avec un menuisier pour prendre connaissance du plan de la boîte à chiens qu'elle avait conçue elle-même. Bonita espérait recevoir livraison de cet équipement dans un délai raisonnable. La femme soupirait d'aise en pensant à tous ses projets qui approchaient de leur réalisation. Elle se demanda quand elle pourrait relaxer un peu. Boni savait le pourquoi de ce va-et-vient continuel. Dès que tout serait réglé, elle pourrait perdre tout le temps nécessaire pour le nouvel élément qui avait fait irruption dans sa vie. Cet élément qui prenait, dès à présent, une place importante dans ses pensées s'appelait François. En roulant à une cadence accélérée, Bonita savait qu'elle mettait en banque du temps. Un temps précieux pour la nouvelle relation qu'elle voulait établir.

28

La gêne de François, suite aux événements du chalet, avait disparu pour faire place à une mélancolie que même le printemps et le réveil de la nature ne parvenaient pas à dissiper. Se pouvait-il que la femme à la chevelure noire occupe ses pensées à ce point ? Peut-être s'en faisait-il accroire à son sujet. L'épisode torride vécu avec Boni avait de quoi le questionner. Pourquoi, depuis lors, la jeune femme n'avait-elle pas donné signe de vie ? Était-elle seulement à la recherche d'un mâle disponible pour apaiser ses désirs ? Ces multiples interrogations se bousculaient dans la tête de François Berger et en soulevaient de nouvelles. Pourquoi, avant son départ pour le chemin Cantin, n'avait-il pas sondé la femme sur ses intentions ? François était un peu insécure depuis, il ne voulait pas revivre la mauvaise expérience subie à l'âge de vingt ans. Un amour platonique qui avait siphonné ses énergies. Les relations avec Bonita révélaient peut-être une nouvelle maturité acquise depuis la mort de Claire Larouche. L'homme préféra envisager cette hypothèse plus que toute autre. Pour en avoir le cœur net, il conclut de se présenter chez Boni dès que possible.

Beep ! beep ! Un klaxon inconnu avait sorti François du lit plus tard qu'à l'habitude. Sans prendre le temps de s'habiller, il se présenta à la fenêtre. C'était Bonita sortant de son nouveau véhicule. L'homme lui fit signe d'entrer. Une phrase sortit de la bouche de Boni lorsqu'elle fut à l'intérieur en se précipitant dans les bras de l'homme des bois :

« J'me suis ennuyée de toi, je t'aime. »

François reçut, dans ces simples mots, réponse à toutes les questions de la veille. Il serra la femme dans ses bras sans retenue :

« Je t'aime Bonita... si tu savais comme je t'aime moi aussi. »

29

Les deux animaux se chamaillaient en grognant, Neige courait d'un bord à l'autre avec Lanzo sur les talons. Sa grande langue rosée pendait nonchalamment sur le côté de la gueule. La chienne faisait sa course, périodiquement, et se couchait par terre pour reprendre son souffle. Le mâle sibérien approchait alors de sa compagne de jeu en la humant. Ce qui provoquait un autre sprint chez cette dernière. Un phénomène bizarre se produisit alors: les dents du chien se mirent à claquer en fixant la femelle blanche. Les deux bêtes repartirent de plus belle en aboyant. Bonita et François, sourire aux lèvres, observaient en marchant le long du chemin Cantin. C'était la saison des amours pour les chiens, en Matawinie.

Peu de temps auparavant, Boni avait remarqué un changement dans le comportement de la meute. Les mâles nerveux à souhait, se provoquaient à la moindre occasion. Les chaleurs des quatre femelles attisaient leurs ardeurs. Bonita avait sorti sa fiole d'anovulants et en avait administré à trois d'entre elles. La meute était survoltée. Quelques batailles avaient même éclaté entre les prétendants. Une nuit, Boni et François avaient dû intervenir parce qu'un samoyède était sur le point de succomber sous les crocs de bêtes qui avaient réussi à se libérer de leurs entraves. Depuis lors, l'animal était sous leurs soins. La musher se demandait si l'éclopé pourrait redevenir, après sa convalescence, la bonne bête de traîneau qu'il était auparavant. Elle ne s'inquiétait pas pour la vie de l'animal, ils ont la couenne dure, mais Bonita redoutait les effets psychologiques d'une telle raclée.

« Quand un événement semblable se produit dans une meute, avait-elle expliqué à François, on peut dire que la vie de la victime est en danger. La moindre impatience au niveau du groupe se retourne invariablement contre elle, et cela peut aller jusqu'à sa mort sous les assauts de ses congénères, à moins que ses maîtres ne s'en débarrassent assez tôt. »

La femme souhaitait de tout cœur que ce ne soit pas le cas, car le samoyède, sans être le meilleur de son attelage, fournissait une bonne performance sur piste. Elle n'était pas certaine de trouver un remplaçant adéquat parmi les recrues.

Les deux dominants avaient disparu depuis quelques minutes lorsqu'une plainte se fit entendre. Bonita retint François par le bras. Tous deux ralentirent le pas en essayant de déterminer d'où provenait le gémissement. Bientôt des grognements les conduisirent à quelques mètres du chemin dans une éclaircie libre de neige. Là, ils aperçurent la chienne blanche et Lanzo, penauds, soudés par le postérieur. François comprit alors pourquoi Bonita l'avait retenu. Les deux chiens, après avoir copulé, étaient restés collés l'un à l'autre comme c'est l'habitude chez la gent canine. Ils essayaient bien de temps à autre de se libérer de leur posture inconfortable mais les douleurs ressenties les obligeaient au calme. François et Bonita, un peu de pitié dans les yeux, se regardèrent amusés. Ils restèrent sur place jusqu'à ce que les deux bêtes soient séparées.

L'homme du lac d'Argent, depuis les aveux de l'autre jour, n'avait quitté la femme aux longs cheveux qu'à une occasion, pour aller guérir Beaux-Yeux à son chalet. Il avait fait un tour rapide des lieux mais il s'y était senti tout drôle. Comme s'il mettait les pieds dans une propriété abandonnée. Assis sur la grande berçante, il avait observé le lac qui commençait à caler. Un sentiment bizarre l'avait envahi alors. Comme si, pour la première fois depuis longtemps, tout ce qui émouvait son cœur, au lac d'Argent, était subitement devenu fade. Après avoir pris quelques objets personnels, l'homme s'en était allé, en jetant un bref regard dans le rétroviseur.

30

Les beaux jours avaient gonflé considérablement la rivière Sauvage. On avait droit au grondement assourdi du cours d'eau qu'un ruissellement harmonieux faisait chanter le reste de l'année. Les flots blanchis au passage par les rochers ressemblaient à du houblon effervescent sorti d'on ne sait quel immense goulot. Le chemin Cantin connaissait en cette saison son seul achalandage de l'année. Des véhicules s'y présentaient remplis de citadins, caméras en bandoulière, pour fixer sur pellicule l'ardeur des eaux tourbillonnantes. Les premiers visiteurs étaient relevés après la baisse du niveau des eaux par des adeptes de la pêche que la montaison des truites vers les lacs attirait. Souvent de belles prises s'effectuaient dans le secteur. Des mouchetées frétillantes, d'une trentaine de centimètres que les pêcheurs déposaient dans le fond de leur coffre en osier après leur avoir préalablement rompu l'échine.

François avait, au cours des ans, appris à vivre en philosophe cette période en Matawinie. Aussi les déplacements de véhicules, qui auraient attiré son attention en tout autre temps le laissaient plutôt indifférent. Seuls les aboiements provoqués par les intrus l'agaçaient. Surtout quand la meute tout entière s'y mettait et que le concert durait plusieurs minutes. Bonita devait même sortir quelquefois pour donner aux chiens l'ordre de se taire.

Depuis les dernières semaines, leurs vies avaient été chambardées passablement. François avait décidé de vendre le chalet du lac d'Argent, suite à l'invitation de Bonita à venir s'installer chez elle. La jeune femme n'avait pas eu à lui tordre le bras trop fort pour que son amoureux décide de couper les ponts avec son passé. Le chalet était maintenant entre les mains d'un agent immobilier, et François ne s'y rendait qu'une ou deux fois par semaine pour s'assurer que tout restait en ordre. Cette période de l'année était propice à la vente, ce qui avait encouragé l'homme des bois à prendre une décision aussi rapide. Les jours de Boni et François s'écoulaient à l'intérieur du cocon du chemin Cantin comme si leur nature parlait plus fort que tout l'environnement en éveil de Matawinie. C'est à peine si la femme aux chiens nourrissait ses bêtes régulièrement, les journées passaient dans un total farniente. Amour, discussions, longues heures de lecture, projets, des activités réparatrices particulièrement goûtées par Bonita après la rude saison hivernale. Le couple prenait des forces, chaque nouvelle journée élevait leur relation intime. Plus un secret ne subsistait entre eux, ils devenaient, en plus de deux amants, les meilleurs amis du monde.

31

« C'est la fin de session, pensa Boni en jetant un œil au calendrier épinglé sur son babillard. Depuis qu'elle avait terminé son baccalauréat, elle avait comme habitude de recevoir ses parents quelque temps après la fin d'année scolaire. Son père, Manuel, professeur, prenait alors quelques jours de répit pour se rendre avec son épouse chez Bonita faire la transition qui les menait tous deux aux vacances annuelles. Ce pèlerinage sacré, depuis cinq ou six ans, permettait à la famille de resserrer les liens que les contacts peu nombreux du reste de l'année ne permettaient pas de garder à jour. C'était pour Boni l'occasion de dire son amour à ses parents en les dorlotant un peu.

Lors de leur arrivée en Amérique, les Espagnols avaient passé quelques mois à Montréal. Manuel avait de bonnes notions de français que la fréquentation du COFI eut tôt fait de raviver. Quant à Bonita, adolescente enjouée, elle se fit des amis ce qui lui permit de maîtriser le français rapidement. L'adaptation fut moins facile pour Conchita. Ses contacts à l'extérieur étaient plus limités. Accueillis dans une famille de connaissance, les trois Hispaniques mirent peu de temps à faire leur place. Il avait été entendu entre eux, avant le départ, que la vie dans l'île de Montréal serait une étape préliminaire. Manuel et Conchita avaient expliqué à leur fille un peu triste, qui voulait goûter à la grande ville nord-américaine et à ses attraits, que pour se sentir à l'aise dans un pays, il fallait apprendre la manière des gens. Pour cette raison, les demandes d'emploi de Manuel avaient été dirigées systématiquement vers les villes de province aux plus petites dimensions.

L'été suivant, l'enseignant avait obtenu un emploi comme professeur agrégé au département des langues de l'Université du Québec à Trois-Rivières. La petite famille avait emménagé dans la cité trifluvienne au cours de la saison estivale. C'est à cet endroit, après avoir perfectionné son français écrit avec Manuel, que Bonita avait terminé ses études secondaires puis collégiales. Sa formation avait été complétée par un cours en traduction au même établissement d'enseignement que son père.

32

« Tu viens, François ?

- Je te rejoins dans une minute. »

L'homme avait mis son blouson et s'était dirigé vers la salle de bain pour se rafraîchir le visage. Le jour des retrouvailles avait sonné pour Boni et ses parents. Quelques semaines auparavant, lorsqu'elle avait communiqué avec eux, Conchita lui avait confirmé la date de leur visite. La femme du chemin Cantin avait à peine pu glisser quelques mots sur François; ses parents seraient sûrement étonnés de la voir cohabiter avec le jeune homme. En route vers Saint-Zénon, où elle avait donné rendez-vous aux visiteurs du cœur du Québec, Bonita avait informé François de la chose, pour qu'à leur rencontre il ne soit pas surpris par leur réaction à son égard.

« On est un peu en avance, fit Bonita; je passe chez madame Salvail m'informer à propos de la nourriture à chiens. »

Arrivée au vieux magasin général, la jeune femme descendit du camion en laissant François

Berger à l'écoute de la dernière cassette de Charlebois. Lorsqu'elle fit son entrée, Boni sut tout de suite que quelque chose n'allait pas en voyant le visage de la vieille tenancière.

« Bonjour madame Salvail, avez-vous des nouvelles pour la moulée ? J'en manque presque.
- J'peux en avoir de trois sortes, répondit la vieille en montrant une note sur laquelle étaient griffonnées les informations. Ça vient en poches de cinquante livres, pas de problème pour la livraison.
- J'en prends trois de chaque, juste pour faire un essai; quand puis-je les avoir ? demanda Boni.
- Dans deux jours, dit madame Salvail d'un ton neutre.
- Parfait, je repasserai... »

Avant que Bonita ait eu le temps de s'en retourner, la femme lui posa une question :

« Vous faites essayer vot' pick-up à d'la visite ?
- Admettons que oui », lança la femme aux chiens pour se débarrasser.

Elle continua sa route vers la grosse porte aux cadrages travaillés. La vieille, une fois sa cliente dehors, esquissa une mimique qui en disait long sur son état d'âme face à Bonita. Madame Salvail ne l'avait jamais portée dans son cœur, elle nourrissait une antipathie naturelle face à la jeune immigrée, depuis son arrivée à Saint-Zénon. La commerçante la servait tout de même dans les formes parce qu'elle achetait chaque mois pour plusieurs centaines de dollars. Depuis peu, elle avait trouvé une autre raison de la haïr. Ce qu'elle redoutait s'était produit. Elle avait eu nouvelle d'une pancarte immobilière devant le chalet de François Berger que madame Salvail avait reconnu tout à l'heure auprès de la femme aux chiens. Lui, son ermite des bois, vautré dans le ravage de la biche espagnole! Cette pensée la rendait furieuse. La vision du couple lui avait même provoqué des crampes d'estomac. Comment François Berger pouvait-il lui faire pareil affront? Elle qui avait orchestré presque à elle seule la construction de l'édifice. Pourquoi ne lui avait-il pas parlé de son projet avant de se décider ? Considérant les énergies investies, la vieille estimait avoir un certain droit de regard. Cette trahison la révoltait:

« Y l'emporteront pas au paradis... Un chien d'ma chienne qu'y vont avoir, les baveux... P't-êt'même deux chiens, à part ça... »

33

Le nez presque collé à la fenêtre, entourée des bras vigoureux de son homme, Bonita Regalado regardait les champs ternes de Matawinie. François Berger posa un baiser humide dans le cou de la femme, qui se poussa en riant.

« Tu me chatouilles, tannant. » L'homme, comme si de rien n'était recommença son manège.

« Arrête François. » Le ton plus ferme le fit cesser ses taquineries.

« J'ai faim, j'espère que ce ne sera pas trop long. »

Bonita fit un tour d'horizon du regard.

« Regarde », dit-elle en pointant le doigt.

Une fumée blanchâtre montait dans le ciel, mais l'angle de vue les empêchait de discerner d'où elle provenait.

« Ça doit être un feu de broussailles dans la vallée, risqua François.

- Pourquoi ? » questionna la femme.

Berger expliqua la coutume dans certains villages, où on fait brûler le foin mort le printemps venu, pour permettre à l'herbe de reverdir plus rapidement.

« Tu n'as jamais vu un voisin faire flamber son terrain à Trois-Rivières ?
- Non, je ne me souviens pas en avoir eu connaissance. »

François raconta cette anecdote :

« Lorsque j'avais douze ou treize ans, une fin de semaine j'étais allé chez grand-papa Louis avec un de mes cousins. Nous avions eu l'idée de mettre le feu au foin plutôt que de le râteler. Le vent s'était levé et avait poussé les flammes vers la maison. Comme nous craignions de nous faire chicaner, mon cousin et moi avions tenté d'éteindre le feu avec nos vestons. Nous avions réussi à l'arrêter, mais les deux ou trois premières rangées de bardeaux, à un angle de la maison, avaient noirci. Je me rappelle que nous avions travaillé très fort pour éviter l'incendie. Le petit ruisseau à l'arrière avait été très utile pour laver nos visages et nos mains. Dans nos têtes d'enfant, nous avions pensé pouvoir passer l'événement sous silence, mais dès notre entrée, les odeurs de fumée et plusieurs trous dans nos vestons nous avaient trahis. Grand-papa Louis nous avait disputés légèrement, en riant un peu de notre malchance. La parenté avait été indulgente parce qu'à notre mine, tous voyaient que nous avions eu une bonne peur. »

Boni avait suivi attentivement le récit. Quand François lui racontait ses souvenirs, la jeune femme écoutait avec beaucoup d'attention. Ces instants privilégiés lui révélaient tout ce qu'avait été la vie de François Berger avant de la connaître. Cette facette de sa personnalité, quand il se livrait, plaisait à Bonita. Elle se sentait comme aspirée dans l'intimité de l'homme. Cette mise à nu, toute simple, qui semblait facile à François, la fascinait. Elle était plus réservée à ce niveau. Ce qu'elle ne pouvait traduire de manière verbale était compensé par des gestes significatifs. Lorsqu'elle s'y livrait, tout le contentement que ses attentions provoquaient chez François l'assurait dans sa démarche.

Une vieille Lada noire étouffa en arrivant devant le restaurant au moment même où François et Bonita recevaient leur déjeuner. Un couple de quinquagénaires alertes en sortit et pénétra dans l'établissement, parcourant des yeux les différentes tablées. Une serveuse, bien qu'affairée derrière le comptoir, remarqua les deux nouveaux venus.

« Bonjour, vous cherchez quelqu'un ? »

L'homme basané, à la stature un peu voûtée, répondit à la jeune fille.

« Nous avons rendez-vous avec Bonita Regalado.
- Passez dans le salon arrière, ils vous attendent.»

La réponse résonna drôlement aux oreilles du couple. Bien sûr, ils avaient abordé le sujet à quelques reprises suite à l'appel de leur fille. Mais depuis sa rupture d'avec Peter Sheffield, ils s'étaient habitués à la voir seule. En route pour Saint-Zénon, ils en avaient encore discuté. Tous deux s'étaient posé la question : Boni était-elle prête à revivre en couple? Ils l'avaient vue souffrir suite à la déception vécue avec le jeune anglophone, et voulaient la protéger un peu. Quelques autres hypothèses leur avaient effleuré l'esprit. Le François en question était peut-être un copain, ou un expert dans le dressage des chiens qui aidait Boni dans son projet. À leur arrivée dans le salon, ils comprirent que la relation entre Bonita et l'homme était plus profonde qu'ils ne se l'étaient imaginé. Les deux jeunes s'embrassaient langoureusement.

Conchita et Manuel échangèrent un regard surpris. Ils attendirent quelques instants, mais le souffle ne semblait pas faire défaut aux tourtereaux. Manuel toussota comme s'il avait eu la gorge enrouée. Le bruit sembla sortir le couple du brouillard. Bonita regarda en direction de l'entrée du salon. Dès qu'elle reconnut les deux silhouettes, elle se précipita dans leur direction et enlaça ses parents. Après plusieurs accolades, le trio se présenta à la table où le jeune homme était demeuré.

« Papa, maman, je vous présente François. »

Les deux hommes échangèrent une poignée de main en silence. La mère de Bonita tendit la main, François la saisit:

« Content de vous connaître, Conchita. » La femme sembla un peu surprise.

« Vous connaissez déjà mon nom ? laissa-t-elle tomber.
- Nous avons parlé à quelques reprises de vous et Manuel, dit François en jetant un regard vers son amour. J'en connais suffisamment sur les parents de ma blonde pour savoir que vous êtes deux personnes attachantes. »

Le couple sourit en entendant ces mots.

« De toute manière, lorsqu'on connaît les enfants ça donne toujours une idée des parents qu'il y a derrière, vous ne pensez pas ? » Les quinquagénaires se regardèrent à nouveau, agréablement surpris par la chaleur des propos.

« Assoyez-vous, suggéra Bonita; nous étions en train de déjeuner. Prendriez-vous un petit quelque chose ?
- Avec plaisir répondit Conchita, notre repas matinal est à quelques heures derrière nous . »

Manuel approuva d'un signe de tête. La mère continua :

« Quel beau pays que la Matawinie, chaque fois que nous venons par ici, nous arrêtons au parc des Sept-Chutes. »

La femme raconta comment, le matin même, ils avaient gravi les escaliers de bois jusqu'au belvédère qui surplombe les montagnes à travers lesquelles serpente la route sinueuse qui conduit à Saint-Zénon. La serveuse fit alors son entrée dans la salle, calepin à la main.

34

Le commis-voyageur contemplait les poches qui s'empilaient les unes par-dessus les autres dans le coin que madame Salvail avait libéré pour les recevoir. Il regardait aussi le jeune homme robuste qui les transportait deux par deux sur ses larges épaules. Quand le garçon eut quitté le magasin pour son dernier voyage, Fairfax lança à la vieille : « What a horse, a good working boy. Je lé pris avec moé deux semaines passé, y vient de Ste-Béatriss, sé parents voula pu d'lui. Y l'ont crissé dewors queq' jours après ses eighteen years old. Yé pas trop bright mais pour le big work yé parfa, dans lé next weeks j'v voir si j'le garde. »

La vieille, en souriant, lança à Fairfax.

« Pas l'air trop questionneux, à part ça... »

Son interlocuteur ricana :

« Pourvu qu'y a du lunch pis queq'dowlers chaque semaine, yé ben content... »

Le garçon, une fois la besogne terminée, resta planté dans l'allée, à côté de la porte.

- Viens mon Borden... veux-tu un coke pis un chips, c'est moé qui paye. »

Le lourdaud alla en quatrième vitesse vers le frigo dont il sortit un contenant familial de boisson brune. Il prit au passage un gros sac de croustilles et s'en alla s'installer dans le véhicule stationné face à la vitrine.

« On peut jaser astheure, fit la vieille.
- Le temps qu'y passe au travers son lunch, on a du temps, dit Fairfax, tu t'es-tu amusée avec mes boys madam Salvye ?
- C'est pas de ça que j'veux te parler, sais-tu pour qui sont c'té sacs là ?
- Pas d'idée, Madam...
- Tu sais, la femme qui t'a tapoché l'aut'jour, face au magasin.
- Yes, yes....
- Ben c'est pour elle, a l'élève des chiens de traîneaux au chemin Cantin. »

Fairfax se gratta le menton.

« Ch'min Cantin... ah oui j'sais où j'ai manqué d'crasher l'aut'fois. »

Le voyageur raconta à la bonne femme rondouillarde sa mésaventure récente. Elle l'écouta et ne manqua pas d'étriver un peu le rouquin des problèmes qu'il semblait éprouver à chaque fois qu'il était placé en présence de la musher. Elle se garda bien d'avouer au rousselé qu'elle non plus ne la portait pas dans son cœur. Une fois leurs comptes réglés, le grand efflanqué salua la vieille et alla rejoindre le gros gaillard qui terminait son sac de croustilles dans la fourgonnette.

« Y éta-tu bonnes tes chips, mon Borden ? »

Goulot au bec, le garçon répondit par un rot qui fit rire Fairfax de tout son long visage picoté.

35

Après les journées de livraison, Fairfax avait toujours l'habitude de se payer ce qu'il appelait une soirée de relax. Au dépanneur, à côté du pont de la rivière Noire qui sépare Sainte-Émélie en deux, il trouvait tout ce dont il avait besoin pour se récompenser. C'est muni d'une caisse de bière, de T.V. dinners et d'une boîte de petits gâteaux, que le voyageur s'exécutait. Les voisins s'étonnaient toujours, s'ils se réveillaient, de voir de la lumière derrière les rideaux jusque tard dans la nuit au repaire du nouveau venu.

Ce soir-là, Fairfax était beaucoup plus en forme qu'à l'accoutumée. Pour la première fois depuis des années, il n'était pas fourbu après sa tournée. Déjà son gros Borden rapportait des dividendes.

« Fatigué, boy ? demanda-t-il au jeunot boutonneux.

- C'est rien ça, rien pantoutte », répondit le grand joual.

Fairfax réalisa le ridicule de sa question, il n'avait pas songé que le jeune homme avait goûté à la rude vie des cultivateurs qui triment du matin au soir en toute saison. Se promener en camion et transporter des boîtes contenant les commandes de ses clients n'avait rien pour fatiguer le garçon au gabarit de gladiateur.

« Aimes-tu ça d'la beer ? demanda le voyageur de commerce à son helpeur.
- Mon père voula pas que j'en prenne... »

Fairfax décapsula une bouteille et la présenta au colosse. Le grand gars l'enfouit dans sa paume où elle disparut presque. Il souleva le contenant pour en sentir l'odeur. Le fumet sucreteux qui parvint à ses narines le poussa à prendre une longue gorgée. Après s'être exécuté, il fit aller la langue sur ses lèvres charnues, comme pour goûter plus complètement le liquide qui lui réchauffait légèrement le gosier.

« C'est bon ça, c'est bon...»

D'un deuxième siphonnage, il vida la bouteille qu'il tendit au grand rouquin :

« Encore. »

Fairfax, stupéfait, présenta une deuxième bouteille en se servant lui-même. Il alla au poêle faire cuire le repas qu'il ramena dans le salon quelques minutes plus tard. Borden avait terminé sa deuxième bouteille et il était là, fixant la caisse, sans oser y toucher.

« Allright, Borden, quand tu veux something tu le d'mandes à Johnny OK, si Johnny dit tu peux, tu peux, si Johnny dit no way, tu t'en passes, correct.

- Correct, correct Johnny, c'est correct.

- Un aut'beer ?

- Oui, oui Johnny, un aut'biére, un aut' biére c'est bon ça, c'est bon... »

Le repas fut l'affaire de quelques bouchées. Les deux gars se remirent ensuite au biberon. Fairfax buvait de façon calculée, reluquant les moindres gestes de son compagnon; les rires se firent de plus en plus fréquents.

« Aimes-tu ça des movies, mon Borden ?

- Oui, oui, des films de Walt Disney, j'aime ça des films...

- Wé-tu, mon Borden, on peut pas voir de films de Walt Disney, veux-tu voir d'aut'movies pareil ?

- Oui, oui, j'veux n'en voir d'aut'films Johnny, j'veux n'en voir. »

Le grand gars se leva pour aller s'habiller.

« Où cé tu vas that way, mon Borden ? questionna le rouquin.

- Au théâtre à Joliette...

- Non, non assis-toé, sit down, c't'icitte les vues, r'garde ben. »

Fairfax sortit du placard une boîte carrée qui révéla son contenu, un projecteur huit millimètres. D'une armoire de cuisine, il tira un sac rempli de bobines qu'il disposa sur la table. Il alla ensuite à sa chambre, ramena un drap qu'il fixa au mur à l'aide de punaises.

« On s'fa des movies right there, mon Borden », déclara Fairfax en pointant du doigt le plancher.

À mesure que le picoté installait son système de projection, le grand garçon le regardait comme un enfant en face d'un magicien. Une fois le tout en place, le commis-voyageur déboucha deux autres bières et il mit en marche le projecteur. L'appareil fit entendre ses cliquetis, son sifflement et le ronronnement de son ventilateur. Après le 5 4 3 2 1, l'image apparut sur le mur : un homme habillé à la mode western entrait dans une pièce.

« Oui, oui, fit le grand Borden, moé j'aime ça des films de cow-boy ! » Le personnage ne garda pas bien longtemps son déguisement, puisqu'un autre figurant entra dans l'image, vêtu de noir. « Cé Zorro Johnny, youppi Zorro est arrivé !... »

En moins de temps qu'il n'en fallut à Borden pour pousser son exclamation, les deux acteurs se retrouvèrent nus sur le lit et se mirent à se caresser. Un silence s'installa dans la pièce, le jeune homme s'était tu, plus aucun commentaire de sa part. Les deux visionneurs regardèrent plusieurs bijoux du genre; seul le craquement occasionnel des chaises et les sons du projecteur coupaient la monotonie de la séance. De temps à autre, Fairfax jetait un coup d'œil aux réactions du jeune homme silencieux qui bougeait périodiquement sur son siège. Une heure plus tard, Fairfax se mit à bâiller pour annoncer l'heure du dodo, il ouvrit la lumière.

« C'est l'heure de se coucher, go to bed Borden.
- Yé tard hein Johnny, on se couche là...»

Fairfax remarqua, lorsque le jeune homme se leva, qu'il avait maculé son pantalon, mais il fit comme si de rien n'était.

« Bonne nuitte Johnny.
- Cé ça, mon Borden, make good dreams. »

36

Le feu crépitait pour la première fois à l'extérieur de la maison de Boni depuis la saison estivale précédente. François et Manuel avaient fait une promenade dans la montagne au cours de la journée, puis avaient ensuite vérifié l'ameublement extérieur pour voir si les rigueurs de l'hiver ne l'avaient pas endommagé. Une fois assurés de la solidité du tout, ils avaient proposé aux femmes de passer la soirée autour du feu. Malgré la froidure des nuits de cette fin mai, les deux couples avaient convenu de se vêtir chaudement et de veiller dehors. Les gerbes ondoyantes du brasier léchaient les quelques bûches de bois d'essences différentes. Des rayons multicolores, comme sortis de la palette de quelque peintre génial, hypnotisaient les spectateurs. Après de longues minutes de sérénité, Conchita soupira :

« Comme c'est beau, quelles couleurs. »

Les trois autres participants acquiescèrent silencieusement. Bonita s'étira :

«Je serais mûre pour aller en vacances, me semble que laisser le train-train quotidien, les clients et tout le reste... »

Manuel la regarda :

« Lorsque nous sommes venus l'an passé, tu avais beaucoup de travail à faire, il semble que ce soit la même chose encore.

- Tu parles, répliqua Boni, j'ai vécu des mois chargés, on dirait que la fatigue tombe maintenant.»

La mère, à la suite de ces propos, prit la parole :

« Si Manuel et moi restions chemin Cantin et nous occupions de tout, vous pourriez prendre quelques jours juste pour vous deux. Qu'en penses-tu Manuel ?

- Pas d'objection, j'ai tout mon temps.

- Je ne suis pas fatigué du tout moi, fit remarquer François en riant. Ça fait presque un an que je me la coule douce. Si tu pars, ce sera seule, à moins que... »

Après un sourcillement, Bonita reprit :

« À moins que quoi ?

- À moins que nous nous tapions le Taureau en camping.

- Je n'ai aucun équipement pour ce genre d'activités, fit la jeune femme attristée.

- Au lac d'Argent, il doit bien me rester quelques bébelles du genre, tempéra François d'un air moqueur.

- Ton idée me tente, j'y réfléchis, et je vous donne ma réponse au plus tôt », déclara Bonita en remontant sur ses épaules la couverture de laine.

Le quatuor passa toute la soirée à discuter; François commençait à éprouver une véritable amitié envers Conchita et Manuel. »

37

« Bonjour madame Salvail, belle journée n'est-ce-pas ?

- Pour le temps c'est pas pire, mais pour le monde qui se présente au magasin, disons que ça commence mal, avait lancé la vieille en réponse à l'un des deux hommes debout face à elle.

- Qu'est-ce que vous voulez dire par là ? avait laissé tomber François Berger.

- J'suppose que tu viens chercher la commande de l'Espagnole.

- Vous savez ça ? questionna l'homme.

- Depuis l'temps que tu frayes dans l'coin, monsieur Berger, t'aurais dû apprendre que chu au courant de toutte dans l'canton. »

La vieille continua d'un même souffle :

« Pis t'as mis en vente le chalet du lac d'Argent, pis tu restes au chemin Cantin depuis un bon mois.

- On peut vraiment rien vous cacher madame Salvail. Vous avez tout un réseau de renseignements, à ce que je vois. »

Les paroles prononcées sur un ton neutre par François Berger, loin de calmer la vieille, semblèrent l'aiguillonner davantage.

« Tu m'as trahie, mon gars, dire que j'avais toutte faite pour toé, j'me suis fait avoir su toué bords....

- Qu'est-ce vous voulez dire par là...?
- C'est pourtant pas compliqué à comprendre. Quand vous êtes arrivés icitte, ta femme pis toé, j'me suis fendue en quatre pour vous aider à connaître le coin, j'vous ai accueillis à bras ouverts comme si vous étiez mes enfants. Quand vous avez parlé de construire, j'vous ai trouvé toutes les connexions, vous avez presque rien eu à voir. Quand t'as perdu ta femme, j't'ai consolé le mieux que j'ai pu, j't'ai même donné des recettes pour pas que tu te laisses mourir de faim. Pis, pour me r'mercier, aux premiers yeux doux d'une étrangère, tu décides de vendre le chalet que j'ai faite construire quasiment toute seule, sans m'en parler, pis tu t'en vas rester avec elle. La reconnaissance, c'est pas ton fort mon boy, hein... Comme on dit, donne à manger à un cochon y va v'nir chier su ton perron.

« Vous êtes vraiment fâchée, madame Salvail, si je comprends bien.

- Chu pas choquée, François Berger, chu't'humiliée à dernière limite, pis quand chu d'même, c'est laid, t'en as pas fini avec moé mon gars, tu vas voir que la vieille a l'a du chin en sacrament !!! »

Comme l'état d'esprit de la commerçante ne permettait pas d'en rajouter, François déposa sur le comptoir une somme d'argent largement suffisante pour payer la nourriture à chiens qu'il s'empressa de charger avec l'aide de Manuel. Pendant toute l'opération, la vieille continua de l'invectiver avec de plus en plus d'ardeur. Sans demander son reste, François, dès que les sacs eurent été empilés à l'arrière du camion, démarra en direction du chemin Cantin en laissant là, la vieille à sa colère. À peine installé dans la cabine du véhicule, Manuel, qui s'était tu jusqu'alors, remarqua :

« Elle était choquée, ou je me trompe ? »

François excusa la femme :

« Madame Salvail est montée sur ses grands chevaux, ça va passer; dans une couple de semaines tout sera effacé. »

La phrase soulagea Manuel; mais François ne dit pas un traître mot par la suite, comme médusé par la scène de rage de la vieille commerçante.

38

Une fois réglés les derniers préparatifs, Bonita et François au bas des chutes de la rivière Sauvage, dirent au revoir à Manuel et Conchita, avant d'entreprendre leur périple. Au cours des dernières journées, tous les facteurs qui pouvaient retenir Boni chez elle avaient été réglés. François et Manuel étaient allés quérir la nourriture à chiens chez madame Salvail, et le menuisier avait livré la boîte de camion à Bonita. Ce matin, tout était en ordre, et la musher en vacances avait le cœur gai, soulagé.

« Soyez prudents », fit Conchita.

Boni monta à l'avant du canot et planta son aviron dans le fond granuleux du cours d'eau pour stabiliser l'embarcation et ainsi faciliter l'embarquement de son compagnon. La femme se débrouillait bien dans la nature. Elle avait eu l'occasion à plusieurs reprises, en fréquentant le collège et l'université, de participer à quelques escapades en forêt. Une fois à bord, les deux aventuriers firent un dernier salut en commençant à pagayer.

« Juste une fois, papa, n'oublie pas : les chiens ne mangent qu'une fois par jour. »

Manuel eut à peine le temps de faire un signe de tête que déjà le canot était hors de vue, ayant contourné un des nombreux méandres de la rivière. Le soleil radieux, malgré un temps frais, répandait une douce chaleur sur les avant-bras dénudés des deux pagayeurs. Seuls le gazouillement des oiseaux et le son des gouttelettes retombant des avirons à chacune de leurs sorties de l'onde étaient audibles. Bonita et François, sans s'être consultés, faisaient silence, histoire de laisser les bruits de la nature emplir leurs oreilles réceptives. Quelles délices de sens que l'odeur des arbres en fleurs, les fumets de fermentation des berges tranquilles !

Bientôt un petit lac se profila, suivi d'un détour de presqu'île, à gauche. À sa sortie, on retrouvait la rivière Sauvage descendant lentement vers le Kaïgamac. Le paysage s'aplanit, et la rivière, tout encaissée qu'elle était depuis le départ, serpentait maintenant en terrain découvert. Le vent jusqu'alors absent en cette belle journée, fit son apparition.

« On arrive dans la savane, annonça François. Tu vas voir comme le lac Kaïgamac est beau ! »

Une vision saisissante frappa alors la jeune femme. Un plan d'eau de plusieurs kilomètres, presque circulaire, bordé, à l'ouest, par des berges décorées de chalets multicolores et, à l'est, par des falaises rocheuses abruptes venant mourir dans l'eau noire. Aux extrémités, deux marais formaient des espèces de larges tampons protecteurs. Boni observait, les yeux grands ouverts, elle avait cessé de pagayer. La voix de François la ramena à l'ordre :

« Si tu ne veux pas qu'on retourne d'où on vient, t'es mieux d'avironner. »

La jeune femme se remit à pelleter les flots noirâtres de sa large pagaie. Des vagues d'un demi-mètre poussées par un vent norois s'étaient mises à claquer à l'avant de l'embarcation.

« Longeons le lac du côté gauche, ça va nous couper du vent », dit François à sa compagne.

Ils s'exécutèrent, non sans avoir pris, sur un kilomètre, les flots de travers. Dès qu'ils se retrouvèrent sous le vent, essoufflée par l'effort, la femme poussa un « pfiou » de soulagement.

« À la décharge du lac, on va s'arrêter pour le bivouac, lança François pour encourager Bonita. Une demi-heure d'aviron, c'est tout ce qui nous reste à parcourir. »

La femme se retourna et lui fit un clin d'œil complice. Les deux pagayeurs redoublèrent d'ardeur. À mi-chemin du plan d'eau, le canot passa à quelques mètres de plusieurs hydravions amarrés à un quai bordé de hangars métalliques.

« Beaucoup de pêcheurs et de chasseurs s'embarquent ici pour gagner les pourvoiries du nord », déclara François à sa compagne. Deux Twin Otter, trois Beaver et plusieurs avions légers se balançaient au bout de leurs grands câbles de nylon jaune.

« Les voyageurs embarquent tôt le matin ou en fin de journée », ajouta l'homme pour précéder une éventuelle question sur la présence importante des grands oiseaux prisonniers.

Bientôt l'embarcation toucha son objectif, un rocher caché derrière une talle de jeunes trembles serrés, à l'autre extrémité du lac.

39

« Si le vent continue, on sera quand même confortables ici », avait dit François en prenant pied sur
le rivage. Sans un mot, Boni partit à la recherche de
bois pendant que François déchargeait le canot pour
établir le campement.

Un vombrissement puissant tira nos deux voyageurs de leur sommeil, après une nuit réparatrice
passée bien au chaud dans leurs sacs de couchage.
François sortit de la petite tente pour commencer à
préparer le repas du matin. L'homme gravouilla
dans les cendres à la recherche de braises sur lesquelles il disposa une poignée de brindilles. Puis il
ajouta des branchages de plus grandes dimensions
jusqu'à ce que le feu se mette à crépiter. Bientôt la
chaleur dégagée fut suffisante pour déposer le tea-
pot rempli d'eau sur une plate-forme composée de
roches à même le feu . Le soleil du matin répandait
déjà sa chaleur, et le vent, qui avait fait claquer à
quelques occasions le double toit de la tente au
cours de la nuit, s'était complètement estompé. Les
pagayeurs auraient une journée remarquable pour
joindre le Taureau et s'engager résolument dans sa
multitude de baies. François entendit Bonita sortir
de sa momie.

« Apporterais-tu le pain et les œufs quand tu sortiras, j'ai une faim de loup. »

Quelques instants plus tard, la jeune femme émergea de l'abri de coton. Cheveux défaits, elle se tourna vers son compagnon en faisant la grimace pour contrer les rayons du soleil qui lui inondaient le visage.

« Qu'il est bon Galarneau ce matin ! » lança-t-elle en s'étirant.

La femme donna les aliments à François et se rendit sur le bord du lac pour se rafraîchir le visage. L'eau froide sur sa peau acheva de la réveiller. Elle en but une gorgée. Elle alla s'installer dos à son homme pendant qu'il s'affairait à préparer œufs brouillés et rôties. Les quelques minutes que dura son exposition aux chauds rayons la remplirent d'énergie. À pleins poumons, elle engouffra le plus d'oxygène possible.

« Madame est servie ! » annonça le grand cook. Bonita ne bougea pas comme pour se gorger d'encore un peu de soleil.

« Bon, je bouffe tout ! », ajouta François Berger en faisant un mouvement. La femme se leva d'un bond et alla prendre possession de l'assiette généreuse posée tout près du feu.

« Après un repas comme celui-là, on va pouvoir faire une bonne trotte aujourd'hui ! »

Bonita regarda son grand explorateur, sourire en coin. Après avoir ingurgité tout le contenu de sa gamelle, Boni alla quérir, à l'intérieur de la tente, les deux tapis de sol en mousse et les disposa sur le canot renversé de manière à en faire deux sièges confortables. Le couple alla déguster son café à cet endroit, face au lac; le soleil grimpait dans le bleu parfait du ciel de Matawinie.

40

Une mésange fouineuse voletait de branche en branche en faisant entendre périodiquement son chant énergique. L'oiseau, tantôt à l'envers tantôt à l'endroit, sur les bras vert tendre d'un beau tremble, faisait toutes sortes d'acrobaties, comme pour impressionner un auditoire imaginaire. Quoique les lieux aient révélé une présence humaine, rien ne pouvait le confirmer puisqu'un silence absolu planait sur le site. Le calme était si profond qu'on pouvait entendre le bourdonnement des mouches qui s'activaient sous les chauds rayons du soleil. Un mouvement impromptu fit envoler l'oiseau curieux; il alla se poser plus loin. Bonita, après avoir exposé son dos, s'était tournée pour faire bénéficier l'autre côté de son anatomie de la chaleur bienveillante. Le couple, couché derrière le canot, se gorgeait des rayons réparateurs après les longs mois de saison froide. François Berger se tourna sur le côté, appuyant sa tête sur sa main. Il contemplait pour la première fois la silhouette de sa Boni dans un cadre naturel. Là où tous les éléments rendent hommage à la beauté du corps. L'homme la regarda longuement, de la tête aux pieds, pour graver dans sa mémoire les moindres détails du corps attirant de la femme.

Ses abondants cheveux noirs éparpillés de chaque côté du visage sur le bleu du tapis de sol, sa bouche entrouverte, les lèvres et le blanc nacré des dents, une jambe soulevée. L'abandon total de ce corps aux éléments complices de cette matinée ensoleillée éveillait en lui de troublantes sensations. Il continua à observer pendant de longues minutes la femme qu'il aimait. L'homme pensa à l'intérieur de lui-même à ses souvenirs d'enfant, au jardin d'Eden avec, au milieu, la femme et l'homme nus. Libres. Il songea, dans un sourire, aux décors de paradis avec pour seuls absents la pomme et le serpent. Un engourdissement commença à le gagner. L'ardeur des rayons de soleil l'obligea à se coucher sur le dos. Dès son changement de position, les ultraviolets reprirent possession de la silhouette et continuèrent leur effet calorifique. Quelques instants plus tard, son sexe dardé par la chaleur se mit lentement à gonfler. L'homme, les yeux mi-clos, commença à penser à assouvir le besoin lancinant qui s'était développé en lui. Son corps engourdi se mit à souhaiter que sa compagne éprouve la même sensation. Quelques instants plus tard, il ouvrit les yeux et s'aperçut que la belle femme aux longs cheveux, tournée vers lui, l'observait tendrement.

« Garde les yeux fermés », lui dit-elle.

L'homme s'exécuta sans poser de questions. Bonita se mit à lui caresser la poitrine, le front, les bras. Puis elle effleura ses lèvres d'un baiser. Il eut le goût de la saisir et de la plaquer contre lui mais il y renonça, goûtant silencieusement chaque geste prodigué avec tellement de douceur. Les baisers effleurés du début se muèrent progressivement en échanges langoureux; leurs langues se chatouillaient en pénétrant alternativement dans chacun de leurs replis. Sans hâte, l'homme avait entraîné sa partenaire sur sa poitrine, il sentit les seins de la femme s'y poser. Il bougea du torse, titillant les mamelons excités de la femme qui avait commencé à soupirer. Elle posa une jambe doucement dans son entre-cuisse et sentit sur sa hanche le pénis durci. D'un geste ferme, l'homme la renversa sur le dos et continuant de mêler sa langue à la sienne, se mit à explorer lentement son corps offert. Lorsque sa main eut atteint le pubis, la femme souleva le bassin comme pour l'inviter à la prendre. Pour faire durer l'attente, l'homme accentua ses caresses quelques instants. Puis il prit position au-dessus d'elle. Impatiente, la femme saisit l'organe et s'en frotta le clitoris à quelques reprises. Elle l'introduisit ensuite lentement en elle en écartant largement les jambes. Les deux corps se mirent à bouger à l'unisson comme dans un mouvement de symphonie. L'homme sentit dans les gestes de sa partenaire qu'elle voulait le voir l'assaillir jusqu'au plus profond. Il accentua le mouvement pendant de longs et délicieux instants. La femme cessa subitement de bouger en aspirant d'un mouvement de bassin l'organe tout entier qui explosa en elle. Prise d'une violente secousse, elle ceintura des jambes les fesses de l'homme en se ca-brant comme pour le garder en elle; leurs gorges laissèrent échapper une plainte animale. Le couple continua de se minoucher de longues minutes pour aider les corps à reprendre contenance.

François Berger sentit un pincement désagréa-ble à l'intérieur de ses hanches. Il tâta son bas ventre douloureux. Une chaleur s'était aussi installée à ses tempes bourdonnantes. Il regarda ensuite Bonita qui fixait le ciel. Des larmes s'étaient réfugiées dans le coin de ses yeux et commençaient à rouler sur ses joues.

« Tu pleures ? » questionna l'homme. Du revers de la main, Boni essuya les sillons de liquide.

« Je n'ai jamais rien ressenti d'aussi fort dans ma vie », confessa-t-elle.

François continua de la regarder, silencieux.

« Tout à l'heure, j'ai perdu contact complètement avec ce qui m'entourait, comme si mon corps entier était hors de contrôle. C'est pour ça que je suis émue. Je n'aurais jamais imaginé éprouver autant de plaisir à faire l'amour, de ma vie. C'est difficile à expliquer, c'était comme un feu d'artifice intérieur. »

François Berger l'écoutait simplement. Il savait pertinemment que plus il comprendrait les réactions de la femme, plus leurs relations intimes acquerraient de la richesse. Lorsque Bonita eut terminé son récit, il lança en badinant :

« Dire que je nous voyais à cette heure-ci bien engagés sur le Taureau. »

La femme lui fila une taloche sur le bras :

« Nous couchons ici ce soir. Je suis en vacances après tout ! »

41

Le leurre fit entendre un plouf métallique en touchant la surface de l'eau. Il fut suivi quelques instants plus tard par le cliquetis du moulinet qui avalait le fil de pêche. Ce même geste répétitif brisait la paix de l'aube matawinienne. Une mince brume recouvrait l'anse où une rivière large d'une dizaine de mètres venait se jeter dans le réservoir du Taureau. Tout à coup la perche s'agita à plusieurs reprises entre les mains de Boni. Son cœur se mit à battre la chamade en même temps qu'elle donna un coup sec sur le manche pour ferrer. Pas de doute, il y avait bien au bout de la ligne un poisson frétillant. Boni garda le silence en remorquant la prise qui tirait des gémissements au frein du moulinet. La jeune femme jeta du coin de l'œil un regard vers l'épuisette appuyée à la grosse roche sur laquelle elle s'était installée pour pêcher. Elle savait qu'il lui fallait maintenir une pression constante sur sa canne pour que la prise ne s'échappe pas. Mais s'il s'agissait d'une belle truite, comme elle le soupçonnait, l'épuisette devenait essentielle à la capture car la gueule tendre du poisson céderait aussitôt qu'elle le sortirait de l'eau. Boni n'était pas une experte à la pêche, mais elle avait discuté à quelques reprises avec François, et une foule d'informations se bousculaient maintenant dans sa tête au rythme des secousses de la canne à pêche qu'elle tenait entre ses mains. Un bruit de branche cassée provenant de l'arrière l'avertit d'une présence. Une voix se fit entendre :

« Concentre-toi sur ta perche, je m'occupe de la puise. »

Les mots prononcés par François calmèrent la jeune femme qui commençait à douter de ses chances de gagner l'épreuve qu'elle avait engagée avec le poisson fougueux.

« Fatigue ton poisson », continua François.

Boni écouta les mots de son compagnon et, quelques instants plus tard, une mouchetée d'un kilo se retrouva emprisonnée dans le filet vert de l'épuisette. Quand elle fut certaine que le poisson ne pouvait s'échapper, Bonita sauta en bas de la roche et se mit à danser sur le rivage.

« Toute une truite ma belle ! dit François Berger en observant le spécimen qui se tortillait encore sur le gravier. Depuis que je vais à la pêche, je n'ai jamais attrapé de truite de cette taille, sacrée chanceuse ! »

Bonita avait peine à s'exprimer tellement l'excitation qui l'habitait était forte.

« Je ne voulais pas la perdre, une chance que tu étais là pour me donner un coup de main sinon...»

Boni ne continua pas sa phrase, elle se pencha et observa sa prise attentivement. Sa robe multicolore la frappa.

« Quelle magnifique créature », laissa-t-elle tomber admirative.

« On en fait quoi ? demanda François Berger.
- Je n'ai pas la goût de la manger, on la remet à l'eau. »

François sourit, il savait qu'un poisson de cette taille était un géniteur prolifique, et il salua le geste que la femme avait décidé de poser. D'un mouvement délicat, il enleva le leurre de la mâchoire du poisson qu'il prit délicatement sous le ventre. L'homme entra ensuite dans le lit de la rivière jusqu'à mi-mollet. La fraîcheur de l'eau le saisit. Ses jambes s'engourdirent rapidement. Il se pencha et déposa avec précaution le poisson à la surface. De plusieurs mouvements de va-et-vient, il fit pénétrer l'eau dans ses branchies.

Après quelques instants, il sentit un ondoiement de l'animal qui semblait reprendre vie après le dur combat qu'il avait livré. Peu de temps plus tard, l'homme lâcha le poisson qui, d'un mouvement vigoureux de la caudale, retourna dans les eaux sombres de la rivière.

« J'ai faim ! fit Boni après avoir abandonné des yeux le lieu de la scène.
- Le feu est bien établi, annonça François, on devrait pouvoir remédier à ce petit creux dans un moment . »

Le couple remonta le sentier menant au bivouac.

42

La lumière fluorescente et l'enseigne extérieure s'éteignirent au même moment sous les doigts crochus aux ongles noircis de madame Salvail. Depuis quelques semaines, la vieille se négligeait de plus en plus. Chaque soir, à la fermeture, elle se réfugiait dans sa chambre, comme rabougrie. Dans la pièce régnait un fouillis indescriptible, accompagné d'odeurs que certains clients ne manquaient pas de souligner en reniflant bruyamment lorsqu'ils se présentaient à son commerce. Madame Salvail, aussitôt arrivée dans son univers secret, enlevait ses souliers pour s'installer dans le lit aux couvertures grises et puantes. Sans perdre un instant, elle fouillait dans l'amoncellement de linge déposé par terre, pour trouver les revues de Fairfax. Elle se mettait ensuite à feuilleter lentement le matériel pornographique, en caressant la page de ses mains usées, jusqu'à ce qu'elle trouve un mâle dont elle aimait l'allure. Ces plaisirs troubles auxquels s'adonnait la vieille étaient nouveaux pour elle. Ils lui avaient permis de réapprendre que son corps, malgré son âge, pouvait encore vibrer. Chaque soir, cependant, après coup, la vieille sanglotait sous le poids de la culpabilité. De temps à autre, elle songeait à ses jeunes années. Elle se revoyait au bras d'Euclide, le beau grand gaillard qui avait été son compagnon de vie pendant plusieurs printemps. La vieille repassait les souvenirs de sa vie comme un feuilleton. Le mariage en blanc à Saint-Michel, les années difficiles où ils s'étaient établis, l'attente vaine de la venue d'un enfant. Comme ils s'étaient morfondus tous deux à souhaiter que son ventre s'arrondisse. Quelles moqueries avaient-ils endurées jusqu'à ce qu'ils atteignent la quarantaine. L'amour profond du début s'était transformé au fil des ans, perdant tout son sens à mesure que la possibilité de procréer abandonnait l'esprit d'Euclide le draveur.

Quand madame Salvail avait appris la mort tragique de son mari, noyé sous les billots, elle s'était demandé si son homme n'avait pas tout bonnement mis fin à ses jours inutiles. Cette pensée était bien vivante dans son esprit, et elle expliquait sans doute le fait qu'elle était seule depuis. De toute façon, en ces années, une femme qui avait porté le poids de la stérilité dans les contrées généreuses de Matawinie, avait bien peu d'attraits pour la gent masculine. Sortant de ses réflexions, la vieille se traîna vers la cuisine. Elle ouvrit une armoire et en sortit une bouteille verte. Le gros gin était un souvenir qu'elle gardait en mémoire d'Euclide. Dès les premiers jours de son veuvage, madame Salvail s'était pourvue de la grande bouteille et, aussi loin qu'elle pouvait se rappeler, jamais un contenant vide n'avait décoré l'armoire au-dessus de l'évier. La fiole pouvait prendre des mois à se désemplir, mais dès que le seuil critique était atteint, la veuve s'empressait d'en refaire provision. Depuis quelques mois, son rythme de consommation avait augmenté. Il était rapidement passé d'une bouteille par mois, à une par semaine. Toutefois, jamais la vieille ne servait ses clients en étant prise de boisson. Elle avait toujours eu en horreur les femmes ivres en public. Mais chaque soir, elle se payait une couple de traites pour aider son sommeil déficient.

La femme empoigna la bouteille et l'emporta dans sa chambre. Elle se vida un verre du liquide transparent en feuilletant un magazine laissé en cadeau par Fairfax quelques jours auparavant. Soudain, son regard fut attiré par une photo d'homme troublante. Elle observa l'image attentivement, puis fronça les sourcils. Ses yeux fixes exorbités ne quittaient pas la revue, comme si une apparition venait de se manifester à elle. Hochant la tête elle prit une nouvelle rasade du liquide parfumé pour reprendre contenance.

« C'est toi mon Euclide... non, non, c'est François... »

La vieille avait prononcé ces paroles de façon inintelligible. Quiconque l'entendant n'aurait pas été à même de les déchiffrer. Les vapeurs d'alcool commençaient à agir.

« J't'aime Euclide, tu sé ben qu'j'en voulais des enfants... c'est pas d'ma faute si on n'en a pas eu... j'aurais toutte faite pour ça, toutte faite... »

Les épaules de madame Salvail se mirent à sauter, des sanglots sortirent bruyamment de sa gorge nouée.

43

Une désagréable sensation d'humidité réveilla madame Salvail en sursaut. Elle n'avait que de vagues souvenirs des gestes posés avant de s'endormir la veille. La vieille femme regarda la pendule sur le mur : sept heures et demie. Elle sortit du lit et enleva ses vêtements souillés d'urine.

« La première fois, dit-elle, c'est la première fois en vingt ans que j'ouvre en r'tard ! »

À peine avait-elle eu le temps de trouver de quoi se vêtir parmi les quelques rares habits présents dans ses tiroirs, qu'on frappa à la porte.

« Patientez une minute ! », cria-t-elle.

La personne ne sembla pas entendre puisqu'elle se remit à tapocher avec ardeur dans la vitre d'entrée.

« J'arrive, j'arrive y'a pas l'feu ! »

Madame Salvail, cheveux en broussaille, se présenta en quatrième vitesse au magasin. Dès qu'elle y pénétra, elle reconnut le grand picoté de Fairfax, accompagné du gros ours à Borden. En un tour de clef, la vieille ouvrit.

« Tu parles d'une femme de business, fit le rouquin.

- J'ai passé tout dret, lança la femme d'un ton agaçé, ça arrive à tout l'monde un moment donné.

- Tes nuitt sont longues, hein madame Salvail, niaisa Fairfax.

- C'est pas de tes troubles ça, quessé tu fas icitte à matin ?

- Borden pis bibi, on a décidé de v'nir faire un tour dans l'boutt, we're in summer break...

- J'aurais deux mots à te dire, lança la vieille.

- Borden, va au garage avec le truck, mets du gaz, fa checker l'huile, fa z'y faire un bon tune-up. »

Le garçon regarda son patron, sourire aux lèvres.

« Tu viendra me r'joindre right here », continua le grand maigre. Sans demander son reste, le lourdeaud disparut.

« What do you want madam Salvail ?

- Installe-toé ben confortable », fit la vieille en offrant une chaise au commis-voyageur.

44

Des aboiements tirèrent Manuel de la lecture qu'il avait entreprise sur la flore laurentienne. Les jappements devinrent plus insistants. Conchita regarda son compagnon.

« Un écureuil, je suppose », laissa-t-elle tomber en guise d'explication.

Manuel se remit le nez dans le bouquin. Les bêtes interrompirent leur concert. Quelques minutes plus tard, le manège reprit de plus belle.

« Je vais voir », lança Manuel en déposant son volume sur le coussin de la berçante.

Le quinquagénaire, à peine sorti, aperçut deux hommes qui gesticulaient devant les bêtes.

« Je peux vous aider, Messieurs ? »

Les deux comparses se dirigèrent vers Manuel.

« Beautiful dogs, very beautiful ces chiens-là...
- J'aimerais ça, moé, en avoir un; j'aimerais ça ben gros.

- T'as raison, mon chum, t'as ben raison. »

Manuel continuait d'observer les deux individus.

« Y sont à toé, Mister ? » lança le rouquin curieux.

L'enseignant, rassuré par les flatteries, répondit dans un sourire :

« Non, je suis seulement leur gardien pour quelques jours.
- C'est d'valeur pour toé, continua l'homme rousselé.
- Disons que les chiens ne sont pas mon passe-temps favori. »

Dans un même souffle, le professeur les interrogea :

« Qu'est-ce qui vous amène par ici ?
- Well, bafouilla Fairfax, on est jusse v'nus à pêche, I like to go fishing, hein mon boy! » fit-il en donnant un coup de coude dans les côtes de son compagnon.
- Oui, oui, j'aime ça la pêche moé si, j'aime ça en ti péché... »

Après quelques phrases, les deux individus partirent lentement, à pied, vers le bas du chemin Cantin. Manuel, dès que les hommes eurent disparu, alla vérifier autour des niches si tout était en ordre. Il entra ensuite dans la maison.

« Qui était-ce ? demanda Conchita.

- Deux pêcheurs qui n'avaient pas l'air de savoir trop où ils allaient, expliqua l'homme à sa compagne.

- Bizarre, fit-elle remarquer, les premiers pêcheurs qu'on voit dans les environs depuis une semaine. »

Leurs regards se croisèrent, Manuel haussa les épaules, tous deux retournèrent à leurs occupations.

45

Les eaux cristallines laissèrent entrevoir des formes indéfinies au fond du lac. On était au début d'une journée magnifique sous un soleil radieux. Deux silhouettes vêtues de noir scrutaient les eaux. L'un des deux personnages tenait dans ses mains une roche plate, ficelée de cordage; tandis que l'autre, aviron à la main, pagayait lentement. L'ombre projetée par leur embarcation aidait leur prospection.

« Nous y voilà », fit le plus grand des deux en frondant l'ancre de fortune dans le miroir incassable.

Le plouf fut suivi du bruit que le filin faisait en raclant le plat-bord du canot. François attacha la corde solidement après l'un des sièges de l'esquif pour qu'il reste en place. Bonita, avec précaution, s'était retournée face à son compagnon et, palmes en main, elle était prête à revêtir les derniers éléments de son costume.

Quelques minutes plus tard, leur accoutrement en place, les deux plongeurs étaient prêts pour l'exploration, installés de chaque côté du canot, un à l'avant, l'autre à l'arrière. François fit un signe à Boni et tous deux, d'un mouvement synchronisé, se retrouvèrent après un demi-tour sur eux-mêmes, dans l'eau froide. Le matériel spongieux laissa pénétrer, à l'intérieur de leur combinaison une pellicule d'eau qui se réchauffa rapidement au contact de leur corps. Puis, sans empressement, ils se mirent à pédaler. Tous deux décrivaient des demi-cercles pour reconnaître les lieux, l'embout des tubas de couleur vive ondoyant au-dessus de l'eau.

Lorsque François avait fait un inventaire de ses équipements récréatifs au lac d'Argent, il était tombé sur le matériel de plongée que Claire et lui avaient utilisé à plusieurs occasions. Comme les deux femmes avaient à peu près le même gabarit, une activité nouvelle pouvait être envisagée lors du périple au Taureau. Le soir précédant leur départ, François avait eu toutes les misères du monde à convaincre Bonita d'amener l'équipement; elle s'y enfin résolue après que l'homme lui eut parlé d'un site unique qu'ils pourraient explorer à l'aide de celui-ci. Boni s'était également objectée, parce qu'elle ne savait pas se servir du matériel de plongée. François lui avait expliqué qu'en une journée, à raison de deux ou trois plongées, elle pourrait aisément se débrouiller. La veille, dans la rivière, il l'avait initiée. La jeune femme s'était tellement prise au jeu qu'elle avait passé le plus clair de son temps à explorer l'anse et l'embouchure de la rivière. Au feu, le soir, elle avait décrit avec force détails toutes ses découvertes à son homme satisfait de lui avoir donné le goût de la beauté sous-marine des eaux de la Matawinie.

Bonita lui avait fait la nomenclature de sa rencontre, au détour d'une roche immergée de bonne dimension, d'un groupe de meusiers aux becs tordus. Les yeux ronds des poissons l'avaient autant surprise que leur taille: un demi-mètre, et leur nombre, une dizaine. La femme avait aussi vu apparaître devant elle, scintillants comme mille feux sous les rayons du soleil, un banc de ménés qui lui rappelèrent les équipées de la Calypso et du commandant Cousteau. Une surprise l'avait aussi saisie lorsque, se laissant flotter à la surface pour se reposer, elle avait vu surgir d'un herbier un vorace achigan qui avait happé à peu de distance d'elle une petite perchaude égarée. C'est remplie de toutes ces images, et fourbue, que la femme s'était endormie dans les bras de François, à côté du feu crépitant.

François Berger estima la profondeur du lac à sept ou huit mètres. Il s'approcha de Bonita, et d'un signe de la main, lui indiqua le fond. Deux paires de palmes sortirent de l'eau à quelques secondes d'intervalle et disparurent comme aspirées par on ne sait quel courant. Apparut devant les yeux de Boni comme un amas de troncs d'arbres liés les uns aux autres dans une forme imprécise. La femme crut en distinguer d'autres un peu plus loin. Le souffle commençant à lui manquer, elle fit surface avec suffisamment de réserve d'air dans les poumons pour expulser l'eau qui avait rempli le tuba. François la suivit de peu. Elle s'adossa à lui en lâchant l'embout de caoutchouc.

« J'ai vu des billots ramassés les uns sur les autres, ça ressemblait à un quai.
- Vraiment, dit François un sourire en coin, retournons ! »

La deuxième plongée révéla à Bonita ce que son compagnon lui avait caché jusqu'alors. Non loin du quai enseveli, une cabane apparut sur un petit promontoire, à une quinzaine de mètres du premier vestige. Boni regarda aux alentours et, profitant de l'entrée d'un rayon de soleil exceptionnel qui dessinait dans l'eau une irisation marine, elle découvrit plusieurs autres cabanes rapprochées les unes des autres.

« Un village sous les eaux », pensa-t-elle immédiatement.

L'apparition lui avait presque fait oublier qu'elle suffoquait; elle remonta. François Berger accompagnait la jeune femme dans son exploration. Il s'arrangeait pour la suivre à distance afin qu'elle fasse toutes les découvertes. La troisième plongée permit à Boni de revenir avec la tête rouillée d'une hache qu'elle donna à son compagnon, afin qu'il aille la déposer dans le canot éloigné maintenant d'une cinquantaine de mètres. Après s'être exécuté, François Berger rapprocha l'embarcation. Il regardait Bonita descendre et remonter à une cadence soutenue. La jeune femme émergea une dernière fois avec un vieux plat corrodé :

« Je suis fatiguée, on retourne au campement. »

Ils remontèrent tous deux dans le canot et regagnèrent la plage.

« Je ne savais pas qu'il y avait un village englouti dans le Taureau, fit Bonita en enlevant lentement sa combinaison isothermique. Comment est-ce que ça a pu se produire ? »

Son compagnon lui révéla que le réservoir, auparavant était une enfilade d'une dizaine de lacs qu'on avait réunis artificiellement au moyen d'un barrage. Que le village exploré était le site premier de Saint-Ignace-du-Lac que la hausse des eaux avait submergé. Qu'on avait procédé à ces travaux à la demande de compagnies forestières, que le barrage érigé était toujours en fonction. On avait dû expulser de leurs terres plusieurs familles pour permettre l'activité économique. C'était là une des périodes épiques vécues par les premiers colons en Matawinie.

Comme le couple achevait de se débarrasser de son équipement, un bruit métallique se fit entendre plus haut sur la presqu'île, près du campement. Avec précaution, François et Boni remontèrent le sentier en direction de la tente. Comme les feuilles n'étaient pas encore à maturité, ils purent apercevoir, à distance, une grosse boule noire qui bardassait la théière renversée à côté des braises fumantes du coin à feu. Bonita faillit laisser échapper un cri mais la main de François, posée doucement sur son avant-bras, la rassura. Tous deux observèrent l'intrus qui ne s'amusa pas longtemps avec leur ferraille. Comme un vent s'était levé, et qu'il faisait face aux deux observateurs, il y avait peu de chance pour que l'ours les remarque à moins qu'ils ne fassent du bruit malencontreusement. Après avoir humé la tente et raclé de ses griffes puissantes un arbre mort, à quelques mètres, le plantigrade, d'un pas lent, s'en alla en levant le nez de temps à autre pour capter les odeurs environnantes. Les deux observateurs gardèrent le silence, histoire de permettre à l'animal de s'éloigner. Leur pouls revint à la normale. François laissa tomber :

« Impressionnant, n'est-ce pas ?
- J'ai eu peur qu'il saccage tout.
- Il y avait peu de risques que ça se produise, tempéra François, nous ne cuisinons jamais près de la tente. Nos aliments ne laissent pas d'odeurs fortes, et en dehors des repas, ils sont toujours hors de portée, enveloppés hermétiquement.

- C'est quand même pas trop rassurant, ces gros nounours, laissa tomber Boni, encore toute chavirée par la présence du beau spécimen de la famille des ursidés.

- Allons préparer le repas », dit François en prenant sa compagne par l'épaule.

46

Une fumée noirâtre montait dans le ciel calme de Saint-Zénon. Comme on était en semaine, le T*rois Étoiles* était presque désert. Wilbrod Champagne, mains dans le tiroir-caisse, en extirpait les billets pour aller faire ses comptes à la caisse populaire. Une jeunesse vêtue de cuir entra précipitamment à l'intérieur du commerce.

Hold-up ! pensa Brod, mais le jeune homme enleva son casque et le tenancier le reconnut.

« Y a toute une boucane dans la montagne, M'sieur Brod, fit le garçon excité.
- Où ça ? montre-moi donc. »

Le garçon se dirigea à bonne allure vers l'arrière du bâtiment, suivi du restaurateur. Aussitôt arrivé à la baie vitrée, Brod Champagne s'exclama :

« Tabarnak, un feu au lac d'Argent ! »

La phrase était sortie spontanément du coffre puissant de l'homme, chef des pompiers à Saint-Zénon. Lancée sur un ton d'urgence, elle exprimait bien la hantise de ces hommes lorsqu'ils ont à combattre un feu dans un coin isolé en Matawinie.

« Appelle les volontaires ! » avait-il crié à la serveuse affairée à servir un client surpris.

Brod Champagne sauta sur son coupe-vent pendu à un crochet près de la porte d'entrée :

« Dis-leur de se rendre le plus vite possible au poste. Si le camion est parti, avertis-les de prendre le chemin du Lac d'Argent, ça presse ! »

La serveuse laissa l'ordinaire de côté et s'attela au téléphone.

« Peux-tu me donner un coup de main, le jeune ? » demanda le chef pompier à celui qui avait donné l'alerte.

Après un signe de tête affirmatif du motard, les deux hommes s'engouffrèrent en un rien de temps dans le 4 par 4, garé face au commerce, pour se diriger en trombe vers le poste de pompiers attenant au garage municipal de Saint-Zénon. Brod Champagne rouspétait au volant du camion dont il faisait rugir le moteur.

« La pédale dans le plancher !

- Quand on arrivera au garage, tu prends le pick-up, moi j'me charge du camion ! » ordonna-t-il au jeune homme attentif.

Brod Champagne aimait plutôt parader au village en temps ordinaire. Le prospère commerçant, lorsqu'il descendait la rue principale, le faisait toujours avec un certain décorum. Le prestige du notable était présent à son esprit, son civisme le posait. Mais lorsqu'il passait en coup de vent au volant de son véhicule, les habitants de Saint-Zénon savaient que le feu était pris quelque part. La porte du poste, poussée par les bras vigoureux de Brod, s'ouvrit dans un grincement. Un vieux Fargo poussiéreux des années cinquante apparut dans la lumière qui pénétrait l'enceinte. À côté, un camion léger plus récent, avec une espèce de gros moteur fixé à l'arrière, montait la garde.

Le chef pompier monta à bord du vieux camion, tourna la clef; le moteur hoqueta. Il activa la pédale de l'accélérateur à trois ou quatre reprises et fit un nouvel essai. L'engin démarra dans un nuage de fumée bleuâtre. Le camion se retrouva à l'extérieur au moment même où deux automobiles arrivaient, les quatre occupants qui en sortirent se dirigèrent vers lui. Brod Champagne leur cria : « Embarquez! J'ai vérifié, tout est à bord. »

Deux des hommes s'accrochèrent à l'arrière du camion, tandis que les autres prirent place rapidement sur la banquette à côté du chef. Précédés du jeune, les véhicules se dirigèrent en direction de la rue Principale. Le panonceau d'arrêt de la croisée du chemin fut oublié puisque Brod identifia les deux véhicules immobiles dans lesquels d'autres volontaires se trouvaient. Il leur fit signe de la main. La caravane dévala la rue en direction du rang Saint-Louis qui menait au lac d'Argent. En route, Brod Champagne se questionnait sur l'état du chemin à cette période de l'année. Tout à l'heure, ils auraient sûrement à ralentir l'allure pour ne pas casser les suspensions. Arrivé à la sortie du village, le chef constata que la fumée montait avec plus d'intensité dans le ciel. Il appuya de plus belle sur la pédale des gaz, arrachant des sons bizarres au moteur du vieux tacot. Le camion-pompe s'engagea dans le rang et se retrouva bientôt sur le tronçon graveleux qui mène au lac d'Argent. La route n'était pas en si mauvais état. Les pluies printanières, peu abondantes, avaient contribué à garder son revêtement en bon ordre malgré la fonte des neiges.

Les véhicules, les uns à la suite des autres, s'engagèrent dans la montagne. Brod Champagne, inquiet des sons de sa vieille « antiquité », se demandait si le Fargo rendrait l'âme avant d'arriver sur les lieux du sinistre. Tant bien que mal, le camion rejoignit la place où certains volontaires étaient déjà affairés autour du pick-up conduit par le garçon au blouson de cuir. À peine sorti de son véhicule, le chef pompier calma ses ardeurs. On pouvait voir les flammes sortir du toit et des fenêtres de l'édifice; un bouquet de fumée montait dru dans le ciel.

« Faites votre possible, les gars, on va essayer que le feu se jette pas dans le bois, mais pour la maison... prudence, j'veux pas de blessés. »

Le pompier expérimenté jeta un regard sur l'écriteau « À vendre », qui commençait déjà à fondre sous l'effet de la chaleur insoutenable du brasier.

47

Deux gaillards au visage maculé de suie roulaient des boyaux qu'on venait de retirer du lac. Quelques instants auparavant, la génératrice qui activait le siphon avait interrompu son vacarme. Des pompiers volontaires, revêtus de leurs manteaux noirs à l'épreuve des flammes, discutaient, assis à l'écart sur une corde de bois. Les spéculations allaient bon train parmi les hommes fatigués, suite à la rude besogne accomplie. Trois murs calcinés, voilà tout ce qui restait du bel édifice. Un des premiers témoins expliquait les faits survenus avant que l'escouade des pompiers se présente pour combattre les flammes. L'homme racontait comment il s'était aperçu du sinistre.

Occupé de bonne heure à semer dans son jardin, il avait réagi impatiemment lorsqu'un véhicule était descendu à une vitesse folle du haut de la montagne. Absorbé dans son travail, il n'avait vu que la poussière montant au-dessus de sa maison. Dès qu'une automobile descendait à vive allure, une nouvelle couche s'ajoutait à l'opacité de ses vitres. Deux fois par semaine, il devait sortir seau et guenilles pour rendre leur transparence aux carreaux exposés au chemin du rang Sainte-Louise. Lors-

qu'il le pouvait, l'homme mettait un nom sur les fai-
seurs de poussière, et les avertissait sérieusement
quand il les croisait au village. Ce matin, le contre-
venant avait été trop rapide pour lui. Plusieurs
minutes après l'incident, une odeur de feu était parvenue à ses narines. Sans relier les deux événements, il avait essayé de trouver d'où provenait la
senteur. À force d'inspecter tout l'horizon, l'homme
s'était aperçu que la boucane provenait du lac d'Argent. Croyant à un feu de rebuts, il avait résolu d'aller voir de plus près avant de sonner l'alarme.

Les volontaires écoutaient attentivement le récit
du bonhomme lorsque Brod Champagne s'approcha pour s'informer. L'homme décrivait comment,
en route vers le lac, une seule trace de pneus sortant
des flaques d'eau l'avait frappé. C'est à ce moment
qu'il avait fait le lien entre le véhicule affolé et la
fumée qui s'intensifiait. Le chef Champagne questionna :

« De quoi ça avait l'air ? »

Le petit homme raconta :

« Quand chu-t'arrivé, les fenêtres d'en arrière
étaient cassées mais la fumée montait par en avant.
J'ai fait l'tour d'la maison, pis j'me suis rendu
compte. Là aussi les vitres étaient brisées. J'ai essayé d'me rapprocher pour voir en dedans, la fumée
était trop forte, j'ai reculé. En même temps j'ai entendu une explosion, chu r'tourné en arrière, là le
feu sortait à toute une raideur. J'ai pensé aller aver-
tir, mais j'ai entendu une sirène, j'vous ai attendus. »

Le chef des pompiers continua son interroga-
toire sous les regards intéressés de ces hommes aux
yeux rougis par la fumée.

48

Bonita goûtait pleinement cette chaleur réconfortante. Après plusieurs jours d'activité physique intense, elle avait trouvé un coin à l'abri où le soleil lui dorait intensément l'épiderme. Le mois de juin est particulièrement propice aux bains de soleil en Matawinie quand le temps est calme. François, lui, s'adonnait à la pêche sur le lac à proximité. Il était parti tôt le matin, sans réveiller sa compagne, visiter une baie voisine garnie de rochers à fleur d'eau.

Après plusieurs touches infructueuses, les ombles de fontaine avaient décidé d'attaquer l'appât garni de vers à fumier vigoureux. L'homme poursuivait un but bien précis, capturer deux poissons de dimensions raisonnables et les préparer pour le dernier repas du séjour. Le milieu de matinée était inscrit dans le ciel clair de Matawinie, quand l'homme rentra au bivouac. La femme aux cheveux noirs le vit lorsque son canot contourna la pointe de l'île. Bonita se leva lentement de sa couche et s'amena sur le rocher tapissé de lichen vermillon qui servait de lieu d'accostage. François regarda sa silhouette cuivrée. Il crut un instant être en contact avec une princesse atikamekw.

« Bonne pêche ? questionna Boni.

- Pas mal, je te montre. »

Après avoir mis le pied sur la terre ferme, François Berger sortit de l'embarcation un amas de mousse dégoulinante. Bonita, taquine, lui dit :

« Une pêche aux algues ?

- Viens », fit l'homme au torse nu en l'amenant à l'écart.

Arrivé à l'endroit où la lumière filtrait à travers le sous-bois, il déposa son paquet sur le sol. Il écarta la mousse du bout des doigts. Apparurent deux ombles tachetés aux yeux fixes et à la mâchoire entrouverte.

« Pourquoi les as-tu emmaillotés comme ça ? questionna la femme curieuse.

- J'en ai pris un de belle taille à peu près une heure après mon arrivée dans la baie, lui expliqua François. Comme le soleil s'est mis à plomber et que je ne voulais pas voir chauffer la chair, j'ai vidé ma prise et je l'ai cachée sous mon siège.

- C'est important ?

- Si on veut obtenir une chair au meilleur goût possible, oui », répondit François Berger.

Il continua, accroupi à côté des poissons.

« Comme les truites qui ont mordu par la suite n'étaient pas à mon goût, j'ai attendu d'en attraper une autre.

- Pourquoi es-tu si solennel ? demanda Bonita en regardant son homme sérieux, presque contemplatif.

- Parce que je te prépare une surprise.

- Vraiment , fit Boni interrogative, de quoi s'agit-il ?

- Tu verras bien » , dit François Berger en s'éloignant avec son précieux butin.

49

François, accroupi près du feu, tenait dans ses mains deux branches solides sur lesquelles de petites masses farineuses rôtissaient. Peu de temps auparavant il avait, de sa hache, écarté délicatement une couche de braise. Bonita venait de se pointer et elle se tenait derrière lui, observant silencieusement. Une pièce de tissu rouge sur le front et un chemisier de coton pâle noué à la taille l'habillaient. L'homme continuait à tourner ses petits pains en silence. On entendit la plainte répétée du huart.

Après avoir senti les branches qu'il tenait et les avoir tapotées, l'homme, satisfait, les déposa en retrait. En grattant du talon il sortit, de sous une mince couche de sable, en dessous du feu, deux formes oblongues de couleur grise. Se dressant sur ses pieds, il passa près de la jeune femme qui le suivait du regard. Il revint peu de temps après avec une outre remplie de liquide. Il la suspendit sur une branche, à proximité. La femme, discrète jusqu'alors, se dirigea vers le gaillard barbu. L'homme la fit asseoir sur un tronc mort. Il prit deux gobelets en bois, posés non loin, et vida le contenu de l'outre dans ceux-ci. Leurs regards se croisèrent et ils prirent lentement une gorgée de liquide rafraîchissant. François ramassa l'une des coquilles grisâtres avec précaution et la frappa sur une pierre, près du feu. L'enveloppe se brisa en un point et l'homme put ainsi l'ouvrir sur toute sa longueur. Il la déposa et fit de même pour la deuxième. Le rituel de préparation était terminé.

« Ça a l'air délicieux, tu me fais goûter ? » dit Bonita impatiente.

L'homme posa le mets dans une assiette qu'il présenta à la femme. Elle se mit à extraire une chair rose fumante sur laquelle elle promena son souffle à quelques reprises avant de la porter à sa bouche.

« Que c'est bon, je n'ai jamais rien mangé de pareil. »

L'homme présenta une des deux branches à Bonita, et en arracha un morceau de la sienne. Boni l'imita en mastiquant lentement pour bien goûter au délice. Berger, ravi du contentement de sa compagne, expliqua :

« Tu manges de la truite cuisinée dans l'argile, avec un pain amérindien: la banique. »

La femme écoutait en dégustant cette gastronomie particulière. Entre deux bouchées, François racontait comment il avait appris, lors de ses excursions de pêche d'adolescent, à confectionner des recettes millénaires sur les conseils de son grand-père. Son aïeul lui avait expliqué la provenance de ce savoir reçu d'un Amérindien de Weymontachie, lorsqu'il bûchait dans son jeune âge. Le vieux Louis avait toujours eu beaucoup d'estime pour les coutumes des premiers habitants du pays. Chaque fois qu'il s'était lié amitié avec un autochtone, il avait cherché à apprendre un peu de leur art de vivre. Pour cette raison, lorsque François dévoilait ces rites anciens, il le faisait toujours avec respect et dans un cadre approprié. De plus, il ne les transmettait qu'à des gens ouverts, sensibles même à ce qui touche au sacré. Boni l'avait compris intuitivement cette journée-là, elle n'avait pas cherché à savoir ce que lui ménageait son coureur des bois. Le sérieux avec lequel l'homme avait préparé la cérémonie l'avait convaincue de rester discrète.

« J'ai vraiment l'impression de me retrouver à une autre époque, dans un monde mystérieux », avait dit Bonita après la fin du repas.

François avait ajouté, en conclusion:

« Comme la vie devait être bonne dans ce temps-là.»

50

Le bruit de la radio couvrait aisément les aboiements des bêtes. La présence d'un véhicule étranger les faisait s'élancer au bout de leurs chaînes, tous crocs sortis. Brod Champagne ouvrit la porte et descendit de son camion. Il se retrouva face à face avec une femme grande et belle qu'il estima être au milieu de la cinquantaine.

« Bonjour madame, fait beau aujourd'hui... » La femme, pour toute réponse, sourit.

« En visite dans notre belle région ? continua le notable. Je me présente : Wilbrod Champagne, chef des pompiers à Saint-Zénon . »

Conchita n'eut même pas le temps de répondre à la question que la porte-moustiquaire de la maison claqua, laissant apparaître Manuel à peine levé de sa sieste quotidienne.

« Je suis Conchita Regalado, voici mon époux Manuel », fit la femme en montrant son compagnon qui s'étirait de toute la longueur de ses bras en bâillant.

« Excusez-moi, monsieur, fit le professeur, mais vous savez, en vacances, on se permet toutes sortes de fantaisies. »

Brod Champagne sourit, et Manuel remarqua alors les traces noires sur les joues, qui donnaient à l'homme une physionomie de charbonnier.

« Je comprends, fit l'homme imposant, vous devez être les parents de Bonita Regalado, j'suppose. »

Le couple acquiesça d'un signe de tête.

« Écoutez, j'ai su que votre fille restait avec François Berger qui possède une propriété au lac d'Argent. »

L'enseignant un peu plus réveillé opina :

« Notre fille habite bien avec monsieur Berger, mais où voulez-vous en venir ?
- Le chalet de François Berger est passé au feu à matin, laissa tomber dans un souffle l'homme aux yeux fatigués.
- Vraiment, fit Manuel, comment cela a-t-il pu se produire ?
- On sait rien encore, mais je fais ma petite enquête là-dessus, déclara Brod Champagne.
- Nous préviendrons François dès son retour, fit Conchita, merci de vous être déplacé pour nous donner ces informations. Prendriez-vous un petit rafraîchissement ? »

L'homme hésita, mais lorsque Manuel se mit de la partie il accepta. Les trois quinquagénaires, que les mouches noires commençaient à importuner, se retrouvèrent en un instant à l'intérieur de la maison. En deux ou trois lampées, les verres de limonade de

Manuel et Brod furent vidés. Comme les deux hommes étaient de fins causeurs, Conchita les laissa pour préparer le souper.

Le notable en habit de semaine racontait à son interlocuteur comment ses hommes étaient parvenus à circonscrire l'incendie. Manuel l'écoutait attentivement et les questions qu'il posait avec intérêt ne manquaient pas d'accorder de l'importance à Brod Champagne qui en rajoutait. Une demi-heure plus tard, on n'en était plus aux histoires de feu. La maison s'emplissait de grands éclats de rire. Commençant à ressentir la faim, Conchita regagna l'avant de la maison. Manuel avait sorti une bouteille de tequila et les deux hommes, sur la même longueur d'onde, se préparaient visiblement à se payer une joyeuse traite.

« Le repas est prêt Manuel », lança la femme aux cheveux poivre et sel.

Entendant ces mots, Brod Champagne avait vidé son fond de verre et s'était levé, prêt à partir.

« Vous prendrez bien le repas avec nous, Monsieur Champagne, avait lancé Manuel. N'est-ce pas que ce serait un plaisir pour nous ? », avait fait le professeur, quêtant l'approbation de la maîtresse de maison.

Comme la femme sentait que son public de mari s'ennuyait ces jours derniers, elle avait appuyé la demande. Brod s'était quand même fait prier, par politesse. Après un repas froid composé de salade au thon, de pain et d'une pointe de tarte, les deux hommes avaient regagné leur chaise berçante. Conchita les écoutait se raconter leurs histoires abracadabrantes. Elle sourit en pensant.

« Les vacances de Manuel commencent véritablement aujourd'hui. »

51

C'était la belle vie pour Fairfax depuis que le jeune cultivateur de Sainte-Béatrix était tombé sous sa coupe. Le rouquin s'en séparait rarement. Le gros bonhomme agissait auprès du commis voyageur comme son ange gardien. L'assurance du commerçant, depuis son association avec le grand garçon simple d'esprit, était montée de plusieurs crans. Elle prenait presque l'allure de défi face à ceux qui auparavant se payaient quelques railleries à ses dépens à Sainte-Émélie.

Oui, lui, John Fairfax, avait enfin un allié de taille. Une espèce de mercenaire qui monterait à n'importe quel front selon son bon vouloir. Le voyageur avait commencé son dressage dès les premiers jours. Comme le garçon avait été bien entrepris dans son jeune âge, il ne restait au picoté qu'à polir un peu son soldat de plomb et à l'utiliser à bon escient. Toutes les faiblesses du jeune, Faixfax les connaissait maintenant. Le gros lourdaud avait un penchant pour la bière, le boss lui en fournissait sans lui laisser savoir qu'il pouvait lui-même s'en procurer. John Fairfax avait posé des balises et, tel un animal sans défense dans un enclos entouré de broche sous tension, le bêta en respectait les lignes sans rechigner.

Aussi loin qu'il pouvait remonter dans son passé, le descendant d'Écossais de l'Ouest de Montréal avait eu peu de regards pour les femmes. Vers l'âge de seize ans, il avait vécu sa première expérience sexuelle avec un pasteur protestant et, bien que traumatisant, l'événement lui avait permis de découvrir son homosexualité. Il y avait donc une vingtaine d'années qu'il allait, pour des périodes plus ou moins prolongées, avec des hommes plus vieux que lui. Cette fois-ci, lorsque Fairfax avait ramassé Borden, il avait vite constaté que le blondin pourrait lui rendre des services particuliers. Depuis peu, il avait établi sur son jouet une domination sexuelle qu'il exerçait le plus souvent lorsque Borden était éméché après avoir vidé une quantité industrielle de bière.

Les lendemains de libations, dont Fairfax était seul témoin, le gros gars avait un regard morne qu'il promenait sur son chef à son insu. On sentait dans les yeux tristes une pointe de révolte qui mettait le rouquin dans ses petits souliers.

52

Les heures avaient semblé interminables ce soir-là au magasin général de Saint-Zénon pour la vieille madame Salvail. Les clients s'étaient faits rares, comme pour ajouter à la lenteur du mouvement des aiguilles de l'horloge installée au-dessus de la porte d'entrée. Une fourgonnette bleue stationna à l'arrière de la grosse maison. Ses deux occupants firent le tour, vers l'avant de l'édifice, et pénétrèrent sans hâte à l'intérieur. Les lumières s'éteignirent presque au même moment.

« Passez dans'cuisine, leur avait aussitôt dit la vieille, j'vous rejoins dans une minute. »

Fairfax et son suiveux s'étaient assis à la grande table qui occupait le centre de la pièce. Le blondin se mit à se tortiller sur sa chaise.

« J'ai soif, Johnny...
- Attends juss' un' minute, mon boy. »

La vieille apparut, sortant de la pénombre du corridor en boitillant.

« Pis, comment ç'a été ?

- Com'su des bearings, madame Salvye.

- Johnny, j'ai soif moé, redemanda le garçon, peu intéressé à la conversation qu'avaient entreprise les deux acolytes.

- Grouille pas de là, mon bonhomme, madame Salvail va aller te chercher un coke.

- Pas un coke que Borden veut. Une bière, Borden veut une bière frette. »

La vieille jeta un coup d'œil au rouquin silencieux pour s'enquérir de son idée.

« He made good job today, madam Salvye, y mérite une bonne cold beer. »

La vieille s'engouffra avec une vigueur nouvelle dans la noirceur du magasin et revint avec un grand cru qu'elle décapsula et posa sur la table devant le gaillard satisfait.

« Comme j'te dis, madam Salvye, toutte a marché like we want. La nuitt passée, Borden pis bibi on a monté au lac vers dix heures en faisant ben attention que nobody s'aperçoive de nous aut'. On a caché l'truck pas loin après avoir dompé lé can de fuel proche d'la maison. On a passé la nuitt dans l'truck en attendant, pis le matin on a smashé le glass partout avant de vider le fuel en dedans. J'm'occupais du front d'la cabane pis Borden du back. Un coup mon côté pogné, j'me su sauvé en criant à Borden de follow me. On s'est ramassés dans l'bazou pis on a flyé en bas. »

Au récit du mauvais coup, un rictus apparut sur le visage de la vieille commerçante. Enfin elle commençait à savourer sa vengeance sur François Berger. Elle questionna :

« Personne vous a vus quand vous êtes r'venus ?

- À l'heur qu'yéta, I'm sure nobody saw us, opina Fairfax avec un sourire malicieux.

- Un aut'. Borden veut un aut'bière », fit le garçon en zigonnant sa bouteille sur la table.

Madame Salvail, agacée, s'aperçut que le contenant présenté au garçon était déjà vide.

« Y boit pas en monde ton chum », fit-elle remarquer à Fairfax en se levant aussitôt pour aller chercher d'autre houblon.

- C'pas grave, madam Salvye, j'vous dis qu'ya ben worké it's all right.

- Oui, oui, its orrite Johnny, its orrite », marmonna le gros garçon au sourire béat.

Madame Salvail revint avec plusieurs bouteilles qu'elle déposa sèchement en face de Borden. Le lourdaud se leva et alla quérir nonchalamment le décapsuleur laissé sur le comptoir. Dans une joie évidente, il ouvrit les contenants bruns et, en un rien de temps, se mit à biberonner goulûment. La vieille regardait le garçon sans y croire.

«T'avais pas un ti queq'chose pour Fairfax, madam Salvye ?

- J'pense ben qu'oui mon grand casseau. »

La femme clopina jusqu'à l'armoire aux fioles. Le rouquin la regarda aller. Quand elle ouvrit la porte, à côté du traditionnel quarante onces de gin trônait une bouteille vert opaque labellée or. Elle l'empoigna précautionneusement et la ramena vers la table. Fairfax gloussa de plaisir :

« Tu niaises pas toué, madam Salvye, un Napo-
léon... »

La vieille sortit en même temps d'une poche de
son smock une liasse de billets qu'elle jeta sur la table.

« On avait dit mille piasses, les v'là... »

Le voyageur ramassa l'argent aussitôt, comme
s'il avait eu peur de se faire voler le pécule.

« Bon ben, on fête astheure, les boys ! » claironna la vieille.

53

Des fils d'araignée dans la voix, mais de bonne humeur, madame Salvail venait de servir un premier client. Il était sept heures pile et, malgré une nuit mouvementée, la femme était joyeuse. Était-ce l'effet du cognac qui ne l'avait pas encore abandonnée, les images de la soirée précédente, ou la satisfaction de sa vengeance ? La vieille ne savait trop pourquoi, mais un réel bien-être l'habitait ce matin. Elle se prenait même à regarder le soleil qui entrait abondamment par une fenêtre, et à en aimer les rayons. En toute autre journée, elle aurait chialé contre l'aveuglement qu'il provoquait, mais aujourd'hui une sérénité peu habituelle l'envahissait. Elle ferma les yeux et, entrouvrant la bouche, souffla lentement pour tester son haleine : à peine un soupçon d'odeur d'alcool... Elle était présentable.

Après que plusieurs clients matinaux furent venus quérir leurs journaux, la vieille s'accota et se mit à somnoler en repassant les événements de la veille dans sa tête. Elle se rappela comment elle avait été prudente dans ses doses de cognac. Cette boisson étant une nouveauté pour son estomac, elle en avait siroté plusieurs verres mais en les espaçant suffisamment pour lui permettre de garder toute sa connaissance. La commerçante voulait être prudente avec Fairfax et son gros bonhomme, elle les redoutait un peu.

Borden, après sa troisième bière, s'était mis à bafouiller. Son maître s'était alors approché pour lui suggérer d'aller dormir dans le camion. Madame Salvail était intervenue pour proposer à Fairfax de coucher son helpeur sur le vieux divan de la cuisine d'été. Le grand picoté avait pris Borden par l'épaule et l'avait guidé vers la pièce située à l'arrière de la maison. La vieille femme aux yeux bridés avait observé la scène avec curiosité par la porte ouverte qui donnait sur la pièce dénudée. Elle avait vu Fairfax, dès que le saoulon s'était étendu sur le sofa, lui enlever précautionneusement bottes et pantalon pour le recouvrir d'une catalogne qui traînait à proximité. Le commis voyageur avait regagné ensuite la cuisine pour continuer à fêter la journée bien remplie. Fairfax était revenu plusieurs fois sur le déroulement de l'incendie, en décrivant avec toujours plus d'emphase chacun des gestes posés, sous les regards approbateurs de la vieille dame ricanante. Vers deux heures du matin, madame Salvail s'était mise à bâiller et avait parlé de se coucher. Une heure auparavant, Fairfax avait modéré sa consommation, peu après que le gaillard de Borden se fut pointé vacillant dans la cuisine en se tenant le fond de culotte à deux mains. Il avait alors guidé le lourdaud vers la toilette, puis vers son grabat. Madame Salvail avait noté un changement d'attitude du commis voyageur dès cet instant. Après avoir conseillé au grand Écossais de prendre la chambre libre près de l'escalier, elle s'était dirigée vers la sienne pour profiter de la fin de la nuit. Comme son cœur pétaradait à cause du cognac, la femme ne trouva pas le sommeil immédiatement. C'est ainsi qu'elle entendit les bruits de sommier grinçant provenant de la chambre de Fairfax une vingtaine de minutes plus tard. Elle pensa que le grand nigaud voulait fouiller dans la maison pour trouver quelque chose à chiper. Elle attendit un peu, mais des pas dans la cuisine la convainquirent que le rousselé se dirigeait vers le fournil. Quelques instants plus tard, elle sortit du lit pour aller voir de quoi il retournait. Madame Salvail connaissait les moindres recoins de sa maison, aussi elle se retrouva sans bruit dans l'embrasure de la porte, adossée à l'escalier, sans trahir sa présence. La lumière extérieure de l'arrière-cour dessinait des ombres chinoises sur les murs de la cuisine d'été. Elle aperçut, face au sofa, la silhouette de Fairfax occupé à se masturber en regardant dans la direction du grand garçon ronflant à plat ventre. La vieille pensait que le commis voyageur véreux s'adonnerait à son manège jusqu'à l'éjaculation, mais elle se trompait. Elle vit le rousselé descendre lentement les bobettes de Borden pour se coucher aussitôt au-dessus de lui. Les ronflements du gaillard cessèrent aussitôt et furent remplacés quelques instants plus tard par les halètements du maigrelet. Madame Salvail avait regagné sa chambre; de retour dans son lit, elle s'était sentie mal à l'aise. Ivresse, excitation, révolte. Jamais elle n'avait éprouvé autant de stimuli au même moment. La femme s'endormit mais passa les heures, jusqu'à son réveil, embourbée dans des rêves où volupté et violence se bousculaient à un train d'enfer.

54

Les bagages bien répartis vers le milieu du canot, François et Bonita avaient entrepris de rentrer à la maison. C'est la tête remplie de paysages, d'odeurs et de souvenirs qu'ils commencèrent à pagayer en quittant, un peu tristes, le Taureau. François Berger comptait bien rallier le plus tôt possible le chemin Cantin tandis que Bonita s'ennuyait de ses chiens. Une bonne cinquantaine de kilomètres les séparaient de leur point de départ; mais, malgré le trajet à parcourir, l'homme estimait pouvoir revenir dans la même journée, avec les vents favorables. Bonita ne voyait pas les choses du même œil. Sans ménager les efforts sur les manches des pagaies, elle se disait dans son for intérieur qu'il faudrait deux jours pour regagner la rivière Sauvage. La jeune femme athlétique était consciente des possibilités de son corps, mais il y avait quelque chose en elle qui lui disait de mettre la pédale douce. La propension de son homme à compétitionner de temps à autre l'agaçait; elle ne se gênait pas pour le freiner dans ses élans.

À mesure qu'ils progressaient sur les eaux calmes, Boni, intérieurement, se demandait comment Manuel et Conchita s'étaient débrouillés avec les bêtes qui pouvaient être malcommodes à l'occasion. Elle se questionnait sur la gestation de Neige, le développement de Beaux-Yeux et l'état de santé du samoyède éclopé. Y avait-il eu bataille? Manuel s'était-il ennuyé du boucan de la ville? Toutes ces questions connaîtraient réponse sous peu. La femme se sentait aussi différente depuis quelques jours. Était-ce dû aux merveilleuses heures passées à faire la dolce vita dans les eaux féeriques du Taureau, ou plutôt à la joie qui l'habitait à l'idée de retrouver le confort de la maison du chemin Cantin ?

Il sembla à François que les deux avironneurs venaient à peine de partir que déjà le camping de Saint-Michel se profilait droit devant. La journée, comme presque toutes leurs vacances d'ailleurs, se déroulait dans des conditions idéales pour le canotage, un léger nordet leur avait fait atteindre une vitesse surprenante et parcourir une bonne distance. Bientôt l'eau du réservoir se couvrit d'écume blanchâtre, ce qui annonçait la chute de la Matawin. C'était là une étape où il fallait portager le canot et les bagages sur une centaine de mètres avant de retrouver des eaux calmes.

« Prenons un peu de repos, lança Boni en accostant.

- Comme tu veux », répondit l'homme.

Et il hala ensuite vigoureusement l'embarcation sur le rivage sablonneux.

55

Le camion venait de recevoir les derniers articles de son chargement. Bonita monta dans la cabine, suivie de François Berger qui avait vérifié si le tout était assez solidement arrimé pour supporter le trajet jusqu'au chemin Cantin. Manuel démarra en direction du village, en jetant au passage du pont un regard sur la Matawin qui serpente capricieusement à travers Saint-Michel-des-Saints.

« Soulagée maintenant ? demanda Manuel à sa fille assise à ses côtés.

- J'ai pris une bonne nuit de sommeil, ça va beaucoup mieux ce matin, fit la femme souriante.

François Berger questionna l'instituteur :

« Avec les chiens, comment ça s'est déroulé ?

- Bien, dit Manuel en riant, à part les mouches qui leur arrachent des plaintes de temps à autre.

- J'ai vraiment hâte de les retrouver », lança Bonita enthousiaste.

En un rien de temps, le village fut traversé malgré une circulation alourdie par la présence des véhicules remplis de pêcheurs. Manuel conduisait sans se presser, profitant au maximum du panorama.

« Et vous, les vacances ? s'enquit le conducteur.

- Magnifique ! Le Taureau est un vrai paradis pour le plein air, pas de place pour l'ennui, fit Bonita en serrant la cuisse de son compagnon satisfait.

- Content d'apprendre cela mais, de mon côté, j'ai une mauvaise nouvelle pour François. »

L'homme qui écoutait les propos de son voisin de banquette en observant les abords de la route se tourna vers le conducteur l'air surpris.

« Avant-hier, un monsieur du nom de Wilbrod Champagne s'est présenté au chemin Cantin. Vous le connaissez ? demanda Manuel.

- Le propriétaire du restaurant *Trois Étoiles*, répondit François.

- Monsieur Champagne n'est pas qu'un commerçant...

- Oui, il est échevin, entrepreneur, et je pense même qu'il est pompier à Saint-Zénon fit Bonita.

- C'est à ce dernier titre qu'il est venu, continua Manuel en regardant François. Ton chalet s'est évanoui en fumée, il y a trois jours. »

56

Les vacances avaient pris fin pour Fairfax et Borden au lendemain de leur méfait. Les deux complices reprenaient donc leur train-train habituel pour la période estivale, celle où les affaires roulent plus vite que les gens en Matawinie. La vieille fourgonnette bleue se faisait aller le long des routes montagneuses du Nord, remplie à pleine capacité des babioles et gadgets destinés aux commerces du coin.

Fairfax avait trouvé un plaisir nouveau en festoyant avec la vieille le soir de l'incendie. La fourberie n'étant pourtant pas un sentiment étranger pour lui, mais l'homme avait été surpris de la délectation avec laquelle madame Salvail avait savouré sa vengeance sur François Berger. Le lendemain, en sortant du magasin général, deux ou trois écoliers lui avaient rappelé, en le traitant de grand niaiseux, le chapitre de sa rencontre avec l'Espagnole au printemps dernier. Faisant semblant d'ignorer leurs moqueries, Fairfax s'était installé au volant de sa guimbarde en se remémorant la scène. Il songea aux traces laissées sur sa joue par la main vigoureuse de la femme, et se plut à penser qu'il pourrait transformer cette douleur en plaisir pour peu qu'il fasse comme la vieille boiteuse. Sur la route de Sainte-Émélie, un plan avait commencé à germer dans sa tête, accompagné des ronflements de son passager qui cuvait ses bières de la veille. La conspiration prenait forme en lui. Il mettrait lentement madame Salvail dans le coup, au cours de l'été, histoire de laisser la poussière retomber sur le couple du chemin Cantin. Mais un automne spécial était à prévoir pour eux à Saint-Zénon.

« A hot, the hottest fall of their fucking lives ! » prononça le rouquin pendant que Borden, dans un soubresaut, ouvrait un œil en sa direction.

57

Manuel et Conchita étaient repartis pour Trois-Rivières depuis deux semaines. La vie avait repris son cours normal au chemin Cantin. Boni surveillait Neige qui avait le souffle de plus en plus court. La chienne arborait son pelage d'été, mais la rondeur de son ventre la faisait haleter à longueur de journée. François avait eu la bonne idée de disposer, au-dessus de la niche de l'animal, une toile opaque qui la mettait à l'abri du soleil. La femme s'installait le plus souvent possible près de sa boule blanche, posant une main sur le bedon grouillant, histoire de prévoir la venue des chiots. Bonita avait cru déceler de faibles contractions au cours du dernier examen. Elle avait annoncé à François que l'animal mettrait bas sous peu.

La canicule avait réduit passablement les activités du couple. Les seuls gestes raisonnables, en ces jours de chaleur accablante, étaient des bains de soleil sur les galets de la rivière, entrecoupés de baignades dans les cuvettes du cours d'eau devenu calme. Le couple ne s'absentait de la maison que pour de courtes périodes. Bonita était assidue auprès de sa chienne préférée. Elle ne voulait en aucun cas manquer la venue de sa première portée.

Bien documentée, la jeune femme se sentait prête devant l'événement qui ne tarderait pas à se produire.

Une plainte attira l'attention de Bonita, étendue sur une couverture près de la rivière. La jeune femme revêtit un tee-shirt en hâte et courut vers la maison. Elle s'aperçut que l'heure était arrivée pour Neige. La chienne, étendue sur le flanc, soufflait bruyamment, les yeux mi-clos. Dès qu'elle sentit la présence de sa maîtresse, elle souleva la tête en branlant deux ou trois fois la queue. Boni pensa que le travail allait bon train car la bête posa aussitôt le museau par terre. Son ventre était parcouru de spasmes puissants. La jeune femme alla en hâte chercher une vieille couverture. Elle y déposa la grosse chienne blanche. Bientôt un mélange de gémissements et de grognements alterna avec de profondes respirations. Bonita essayait, avec des mots familiers, d'apaiser l'animal aux yeux exorbités par l'effort. La bête souleva sa tête et se cramponna de ses pattes avant. Boni vit dans ses yeux un mélange de crainte et de panique. Instinctivement, la chienne commença à se lécher pour permettre à sa peau de se distendre. Un petit museau noir apparut. Dans un deuxième effort la tête fut dégagée. Bonita continua d'encourager la bête en la caressant doucement sur l'épaule. Une troisième poussée permit au chiot de sortir complètement. Neige déchira l'amnios, l'avala, et prit le petit paquet de chair entre ses dents. Elle le plaça près de son ventre et l'assécha à grands coups de langue. Trois autres fois le manège se répéta. Plus tard, après avoir fouillé dans le poil pour trouver les mamelles, les chiots prirent leur premier repas. Sans un regard vers sa progéniture, Neige s'endormit sous les tapotements de Boni, tandis que son lait onctueux était aspiré par quatre petites boules plaintives aux yeux scellés.

58

Bonita n'en avait que pour Neige depuis sa mise bas. Elle passait ses journées entières à observer les chiots et leur mère. C'est à peine si elle s'occupait des autres bêtes, laissant à François Berger le soin de s'acquitter des tâches devenues comme accessoires. Boni avait tout au plus donné quelques conseils à son homme sur l'éducation de Beaux-Yeux et sur les moyens de guérir les plaies du samoyède. François comprenait la situation et laissait sa compagne goûter pleinement à son marrainage, mais l'attitude de Bonita le rendait soucieux. Comment avait-elle pu changer du tout au tout en si peu de temps ? C'est le début, pensait-il, la jeune femme maternerait quelques jours pour revenir ensuite à ses préoccupations habituelles.

Aveugles dans leurs premiers jours, les chiots avaient les yeux ouverts depuis peu, et commençaient à se déplacer maladroitement autour de leur mère. Loin de les délaisser, Boni s'y intéressait de plus en plus. Ce qui tapait sur les nerfs de François qui se sentait abandonné. L'homme avait bien tenté d'entrer dans le jeu mais l'attitude de Bonita lui avait coupé les ailes, du moins en ce qui avait trait à la nouvelle famille. Peu après leur naissance Boni avait isolé les chiots et leur mère du reste de la meute pour ne pas prendre le risque que l'un d'eux se fasse croquer par une bête maussade. C'est avec de plus en plus de satisfaction que la femme voyait grossir les petits gourmands au rythme de leurs tétées. Chaque journée laissait la femme aux chiens un peu plus rayonnante. On eût dit que ses seules motivations venaient de cette vie en développement qui se déroulait quotidiennement sous ses yeux observateurs. Le soir venu, Bonita sentait la tristesse de son compagnon, mais son envoûtement la mettait au lit de bonne heure dans l'attente d'une nouvelle journée de découvertes.

À mesure que le temps passait, les chiots devenaient plus hardis. Les petites bêtes, quand elles n'étaient pas à se chamailler entre elles, dormaient les unes sur les autres, ou se disputaient les mamelles de leur mère. Le mois de juillet avait été particulièrement chaud. Sans pluie, l'indice d'inflammabilité était le plus souvent maximum en Matawinie. François Berger ne rappelait pas trop à l'ordre sa compagne, même s'il savait pertinemment qu'elle avait un bon mois de retard sur la préparation de ses chiens de traîneau.

« Comment, avec une telle chaleur, atteler des bêtes ? » se disait-il.

Les journées se succédaient sans la présence de Boni. François, qui s'était rabattu sur la cuisine, avait profité d'une des rares soirées où sa compagne ne s'était pas couchée en même temps que le soleil pour aborder directement le sujet avec elle. En fricotant le repas du lendemain, l'homme s'était risqué. Bonita se berçait doucement avec en toile de fond l'horizon rosé.

« Je m'ennuie, Bonita, je m'ennuie beaucoup de toi. »

La jeune femme, au son de ces paroles, avait, rêveuse, quitté des yeux le coucher de soleil. Mains posées sur le ventre, elle regarda tendrement son compagnon.

« Je te comprends, François, mais ces dernières semaines, je vivais sur un nuage. Toute cette vie qui grouillait autour de moi m'excitait, je voulais te mettre au courant mais tant que je n'étais pas certaine, toute mon énergie y passait.

- Tu parles en paraboles, explique, fit l'homme en s'assoyant face à sa compagne.

- Tu te rappelles, lorsque nous sommes revenus du Taureau, je me sentais bizarre à l'intérieur, comme s'il y avait quelque chose de changé en moi. Lorsque Manuel et Conchita sont partis, je me suis concentrée sur Neige pour oublier la joie qui commençait à me gagner, je ne voulais pas être déçue.

- Je pensais que c'était moi que tu voulais oublier, lâcha l'homme. »

La femme esquissa un sourire :

« Tu sais bien que je t'aime. Qu'est-ce que tu dirais de devenir papa ? »

59

L' effet de choc n'était pas encore passé pour François. En apprenant la nouvelle, il avait eu du mal à y croire. Lui, François Berger, allait devenir père dans quelques mois. Après avoir cuisiné Boni de toutes les façons, le soir des aveux, plus un doute ne subsistait dans sa tête. Les pièces du casse-tête s'étaient mises en place.

La fatigue de la femme au retour des vacances, l'attente rêveuse auprès des chiots et de leur mère, et son sommeil hâtif chaque soir, tout appuyait la thèse de la grossesse. Pour être certain de l'interprétation de sa compagne, François avait proposé d'aller vérifier à l'hôpital de Joliette, ce que Bonita avait refusé en disant :

« Écoute, depuis deux ans j'ai mes règles à la fréquence habituelle, je sens mon corps différent, je n'ai pas besoin du diagnostic d'un médecin pour savoir qu'il y a quelque chose qui se développe en moi. »

À partir de cette phrase, l'homme avait commencé à compter par trois.

« Tout un réajustement, pensa-t-il, il faudra maintenant modifier le plan de vie, abandonner peut-être l'idée d'une saison de courses pour se concentrer sur la venue de l'enfant. »

Le couple convint que François prendrait tout de même en charge l'entraînement des chiens, avec l'aide de Boni, pour ce qu'elle se sentirait capable de faire. Mais Boni débordait d'énergie, et l'observation de la vie des bêtes de toutes sortes dans l'univers matawinien l'engageait à ne pas abandonner sa besogne. Elle savait que rester active donnerait à son enfant toutes les chances de se développer harmonieusement à l'intérieur de son ventre protecteur. La future mère continua donc à mener ses activités de front en prenant garde de ne pas s'épuiser. Quant à François Berger, ses priorités iraient à la confection d'un berceau et à la préparation de mets équilibrés pour garantir une bonne santé à la mère et au bébé. Chaque soir, le gaillard se mettait à la recherche de recettes succulentes et nutritives qu'il glanait çà et là dans des bouquins.

La nouvelle de l'arrivée d'un poupon avait été accueillie avec surprise par les parents de Bonita qui prévoyaient une visite à Saint-Zénon sous peu, pour partager la joie des futurs parents. Depuis lors, le professeur Regalado avait négligé quelque peu la préparation de ses cours de la session suivante pour réfléchir à son rôle de grand-père. Tous les enseignants du module des langues savaient maintenant que sa fille allait accoucher en février. Il n'y avait qu'à le voir faire cette annonce à ses compagnons de travail pour s'apercevoir que Manuel avait, grâce à l'heureuse nouvelle, rajeuni de bien des années.

60

C'était un feu roulant continuel à Saint-Zénon. Les vieux de la place, assis sur les perrons, n'hésitaient pas à comparer le capharnaüm de la rue Principale aux montées dans le bois des bûcherons au cours des années trente. La fébrilité qui secouait la région était due en bonne partie à la nouvelle législation sur le « déclubbage » des lieux naturels au Québec. On eût dit qu'à cause de ces faits nouveaux, la saison de pêche s'était allongée de plusieurs semaines. Les néophytes, privés de l'activité inscrite dans leurs gènes de descendants de coureurs de bois depuis des décennies, s'en donnaient à cœur joie.

Madame Salvail encaissait avec enthousiasme la manne que cette clientèle faisait pleuvoir sur son commerce. L'été chaud lui avait presque rendu l'usage de ses jambes. La commerçante, ayant oublié sa vengeance sur François Berger, vivait de belles heures dans son magasin général. Comme les tablettes se vidaient rapidement, les fournisseurs se présentaient à intervalles rapprochés. Ses contacts avec Fairfax avaient été purement d'affaires au cours des dernières semaines. Un matin, plus calme qu'à l'accoutumée, le grand rouquin osseux s'était présenté chez la vieille au volant d'une camionnette neuve.

« Ouan, mon Johnny, tu t'es greyé d'un nouveau carrosse ? fit la vieille lorsqu'il eut fait son entrée.

- Un bon deal, madam Salvye, j'ai eu un offe que moé pis Borden on pouvait pas dire no way, hein mon boy ? »

Le garçon ne répondit pas, même si le coup de coude reçu dans les côtes au même moment lui avait fait mal. En réalité, le voyageur avait commencé à établir un commerce lucratif de drogues illégales, ce qui lui avait permis de changer sa fourgonnette agonisante. Comme pour s'excuser, mais surtout pour être seul avec la femme, le commis voyageur envoya son employé se chercher une friandise glacée. Cela sembla rendre la vie au gros garçon silencieux.

« Tu sais, madam Salvye, I didn't forget la claque de la spanish beauty.

- Ah non ? fit la vieille au regard scintillant.

- Moé, John Fairfax, I always give twice that I receive.

- À quoi tu penses, mon grand ?...

- À soir, t'es-tu libre ? We will talk about that.

- Tu viendras à dix heures et quart.

- Allright, répondit Fairfax, I'll be there. »

Le grand niais prit la commande et alla lui-même chercher les marchandises dans son camion. Il démarra en direction de Saint-Michel en klaxonnant au passage Borden assis tête basse sur le banc extérieur du stand à crème glacée voisin. Le garçon, sans se presser, se leva au deuxième avertissement et, sans même regarder avant de traverser le chemin Brassard, prit place à bord.

61

À travers les notes d'accordéon de Wilbrod Champagne et les chants de Manuel, le feu crépitait. Une petite fête que Bonita et François avaient souhaitée calme avait commencé de bonne heure l'après-midi.

Brod Champagne mangeait toujours à son commerce le dimanche à midi, en compagnie de son épouse. Il venait, après la messe, goûter la cuisine que son établissement servait. Cette pratique lui permettait d'apprécier la nourriture, et de suggérer de temps à autre des améliorations au personnel. Ce dimanche-là, sans qu'il s'en doute, Manuel Regalado avait fait son entrée au restaurant, et il n'avait pas été trop difficile au commerçant de savoir pour quelle raison le professeur se retrouvait à Saint-Zénon. Dès que Brod sut que son ami allait devenir grand-père, il sortit une bouteille et, après qu'il eut présenté rapidement Conchita à sa grande Georgette d'épouse, les deux hommes se refugièrent dans le petit salon pour commencer la fiesta. Une heure plus tard, les dames, dont la conversation commençait à manquer, se mirent d'accord pour aller chercher leurs grands garçons à l'arrière. Manuel, insistant, invita Brod à le suivre jusqu'au chemin Cantin. Ce que le restaurateur accepta, en prenant au passage son instrument à pitons et quelques sacs d'aliments congelés.

Les deux couples prirent place à bord de la Continental de Wilbrod Champagne, mais les hommes durent monter à l'arrière sur l'insistance de leurs épouses. Georgette s'installa au volant.

François et Bonita avaient été surpris par l'arrivée de la grosse auto grise au chemin Cantin. Dès que Manuel, bouteille à la main, en était sorti, accompagné du restaurateur, les jeunes comprirent ce qui s'était passé. Les femmes des fêtards, un peu gênées, descendirent elles aussi du véhicule et allèrent à la rencontre de François et de sa compagne. Le groupe, après que Conchita eut présenté Georgette Champagne, alla rejoindre les compères qui s'employaient déjà à faire du feu pour cuisiner la viande qui avait commencé à ramollir en route.

« Des poitrines de perdrix. Vous allez voir que Brod Champagne va vous cuisiner un de ces gueuletons que vous oublierez pas de sitôt ! fit le quinquagénaire éméché en prenant une rasade d'alcool.
- Ne penses-tu pas qu'il est un peu tôt pour préparer le souper ? » fit remarquer Georgette Champagne qui venait juste de retrouver sa langue.

Brod regarda son compagnon, et tous deux se mirent à rigoler en laissant là tout l'attirail pour aller s'asseoir à l'écart. Depuis que Boni avait acquis la certitude d'être enceinte, elle avait presque délaissé Neige et ses petits. Elle et François avaient convenu de ne garder qu'un chiot, le seul mâle de la portée, pour ne pas perdre le contrôle de la meute en multipliant les femelles. Dès leur sevrage, les trois bêtes seraient donc offertes en adoption à qui voudrait en prendre charge au village.

Georgette Champagne et Conchita se promenèrent avec Boni qui faisait faire le tour du propriétaire. Les trois femmes passèrent rapidement près des niches autour desquelles, au plus fort de l'été, règne une odeur désagréable. Mais la grande Georgette remarqua, dans un coin ombragé, la forme pâle de Neige avec quatre boules collées à son ventre. En se tournant vers Bonita elle demanda :

« Votre chienne a eu des p'tits pitous ? »

La candeur avec laquelle Georgette avait prononcé les mots fit sourire Bonita. Les femmes s'approchèrent lentement pour ne pas incommoder la chienne et ses petits gloutons. L'épouse du notable se pencha vers Neige. Boni s'aperçut que Georgette connaissait les chiens. Toute autre personne se serait attardée sur les chiots en premier lieu, mais la femme avait laissé la mère, aux aguets, lui sentir la main et, en lui parlant, l'avait caressée. Le premier contact établi, la grande femme put prendre chacune des petites bêtes sous les regards de la chienne au pelage immaculé.

« Les chiens, ça vous connaît, madame Champagne, lança Bonita.
- Depuis que je suis haute comme trois pommes, j'en ai toujours eu. Je les aime tellement. Regardez-moi c'te frimousse, fit Georgette en levant le chiot qu'elle tenait dans les airs.
« Vous en voulez un, dit Boni, choisissez, dès qu'ils seront sevrés nous vous le livrerons. »

Georgette Champagne se tourna vers Bonita, frémissante :

« Vous n'êtes pas gênée. vous, c'est une blague que vous me faites là...
- Je suis plus que sérieuse madame Champagne. »

Georgette s'empressa de poser près de sa mère l'animal qu'elle tenait, pour s'emparer d'une chienne, la plus petite et la plus blanche des quatre :

« C'est celle-là que je veux, regardez madame Regalado, comme elle est belle. »

En extase devant son nouveau toutou, elle le posa à sa place après quelques instants et les femmes retournèrent à l'avant de la maison où les hommes discutaient bruyamment. Le feu avait continué à brûler, entretenu de temps à autre par François. Brod Champagne ne remarqua même pas l'excitation de sa Georgette, tellement il était gommé. L'après-midi avançait et les estomacs vides suggéraient aux trois couples de se mettre quelque chose sous la dent.

« Si on commençait à préparer le souper ? » suggéra François.

Brod Champagne se leva de sa chaise titubant :

« C'est moé le cuisinier, assoyez-vous... »

Le colosse s'installa près du feu et, malgré son ivresse apparente, il enfila la viande sur des brochettes qu'il mit à cuire. Aussitôt sa préparation terminée, Brod s'adressa à son compagnon :

« Manuel, va chercher mon accordéon, aujourd'hui on fête ton p'tit fils. »

62

Les journées rafraîchissaient à Saint-Zénon, ce qui permettait à l'homme des bois de se mettre résolument à la besogne avec les chiens. Une fois par jour, tôt le matin ou en fin d'après-midi, François et Bonita attelaient la meute à l'arrière du gros tricycle imaginé par Boni. Cette invention, relativement simple, était composée d'une plate-forme triangulaire dotée d'un marche-pied raccordé perpendiculairement à une espèce de fer à cheval inversé. Le tout était monté sur trois pneus. Ceux de l'arrière, de large dimension; la roue avant, plus petite. Aussitôt lancé, on pouvait, par un transfert de poids, soulever la roue avant. On disposait ainsi d'un véhicule adapté à toutes les conditions de piste. La masse de l'engin était plus élevé que le traîneau, mais comme il reposait sur une surface de roulement élargie, les bêtes n'avaient pas plus de difficulté. La seule différence appréciable était au niveau du conducteur. La charpente de François supportait une vingtaine de kilos de plus que celle de sa partenaire. Les premières trottes dans le chemin avaient été ardues à cause du long entracte de l'été. Le souffle faisait défaut aux chiens habitués de paresser au soleil le plus clair de leurs journées. Après les entraînements de la première semaine, ils reprirent l'habitude du travail. Bonita, quant à elle, se regardait le ventre le plus souvent possible en questionnant son homme sur une rondeur qui tardait à se manifester à son goût. À toute heure du jour, il n'était pas rare que François la surprenne devant le miroir de la salle de bain, occupée à examiner attentivement sa silhouette.

Tout en vaquant à ses occupations, la femme avait pris un rythme de carmélite. Elle qui, auparavant, ne voulait rien entendre de tout ce qui touchait au catinage, s'était mise au tricot avec l'aide de Georgette Champagne.

« Notre bébé va être élevé dans la laine, avait-elle dit à François, je vois tellement de gens geler dans leur petit linge synthétique. »

L'homme avait acquiescé, convaincu depuis des lunes du confort de la fibre animale. Le couple du Nord avait trouvé, rang Sainte-Louise, une femme qui cardait et filait la laine de ses moutons. Ils y avaient fait provision de plusieurs sacs de pelotes que Boni avait elle-même placées sur des écheveaux et teintes à l'aide de décoctions de plantes. La jeune femme était plutôt satisfaite des couleurs obtenues, et se prenait à rêver aux balades du prochain hiver avec son poupon emmitouflé.

Sans avoir le moindrement planifié la venue de l'enfant, Bonita s'estimait chanceuse de devoir accoucher début mars. Elle avait souvenir d'une voisine, à Madrid, qui avait souffert de la chaleur à ses derniers jours.

La vie avait repris son cours normal entre François et Boni; et l'orage du début de l'été, dans leurs relations intimes, leur semblait bien loin en arrière.

Dès que la certitude de la grossesse avait été acquise, à Bonita était redevenue amoureuse. Le couple vivait une sexualité sans réticence malgré les craintes de Bonita, inconfortable à cause des tabous inculqués à l'adolescence par une grand-mère trop bien intentionnée. Tous deux avaient dompté ces fantômes de peur; et maintenant, plus un doute ne subsistait dans la tête de la femme calme et sereine.

Les chiots de Neige souhaitaient continuer à vider leur mère de son lait; mais la chienne amaigrie, dont les mamelles étirées dépassaient le poil du ventre, montrait des signes d'impatience dès qu'ils s'approchaient d'elle. François et Boni avaient commencé à faire sentir aux bêtes insatiables ce qui allait devenir leur nourriture. La petite chienne blanche promise à Georgette Champagne et le mâle qu'ils se réservaient étaient les seuls de la portée à avoir trouvé preneurs, aussi le couple du chemin Cantin dut emmener les deux laissés-pour-compte dans la boîte du camion à chacune de leurs visites à Saint-Zénon, histoire d'attirer l'intérêt.

Une journée où François était allé aux commissions pour sonder Brod Champagne sur l'incendie du chalet, il rencontra, face à l'établissement du chef-pompier, le grand Fairfax et son gros ours Borden. Les deux hommes le regardèrent passer. Dès qu'il fut entré, les gémissements provenant du camion attirèrent l'attention du gros bonhomme. Le garçon se leva pour aller tourner autour du véhicule. Sa stature imposante lui permit de voir les deux chiots grafignant les côtés de la boîte. Dès qu'il les aperçut, le regard du garçon s'illumina :

« Viens voir, Johnny... viens voir les deux beaux ti-chiens. »

Fairfax se leva pour aller constater de visu. Borden prit les chiots dans ses mains et en déposa un dans les bras du picoté.

« Y sont beaux, hein, Johnny... Borden y'aime ça des ti pitous, j'en avais des pitous à Sainte-Béatriss, pis des tannants de beaux à part ça. »

François Berger sortit au même instant du restaurant sans avoir pu rencontrer Brod Champagne, absent. Dès que Fairfax l'aperçut il mit précipitamment le chiot qu'il tenait dans le fond du camion à la manière d'un enfant pris en plein mauvais coup.

« Pas de faute, monsieur, vous pouvez le prendre, dit Berger au grand escogriffe.
- Y sont beaux en mauzusse tes pitous Monsieur, fit Borden, des ti huskies hein ?
- En plein dans l'mille... T'as l'œil, mon gars. À cet âge-là, c'est pas facile de trouver la race d'un chien. »

Attentif au compliment, le gros garçon rougit de fierté.
« J'veux m'en départir à part ça... »

Borden regarda Fairfax suppliant.

« Si t'en veux un, choisis. Rien qu'à voir, on sent que t'aimes les animaux. C'est certain que tu le maltraiterais pas, que t'en prendrais soin. »

Le gros garçon jeta un autre regard implorant à Fairfax imperturbable et prenant son courage à deux mains bégaya :

« J'la prends celle que j'ai dins bras, cé'elle que j'prends. »

Fairfax, stupéfait, regarda François Berger remonter dans son véhicule et se diriger vers le magasin général en les saluant. Aussitôt la surprise passée, le grand sec, dont les joues tournaient à l'écarlate, s'approcha du garçon qui cajolait la petite bête en riant. Arrivé à portée, le rouquin se rua sur le garçon et lui administra une savate des deux pieds dans les reins, de toutes ses forces. Borden tomba lourdement sur ses genoux en protégeant sa petite créature. Sans attendre que le garçon réagisse, Fairfax se mit à le frapper rageusement à coups de poing et de pied :

« Tu vas voire mon gros tabarnak... you gonna see who's the boss mon Jesus Christ. »

Des clients du restaurant, voyant la scène de l'intérieur, se précipitèrent dehors et restèrent sidérés par la violence de l'agression. Le lourdaud, muet, accusait les coups sauvages sans broncher. Quand Fairfax vit qu'un client imposant s'approchait pour intervenir, il recula et se dirigea en courant vers son camion garé à l'écart. Les curieux regardèrent alors le garçon se relever et vérifier si son chiot avait souffert de quelque manière. Un sourire se dessina sur ses lèvres ensanglantées lorsqu'il se rendit compte que la petite bête avait eu plus de peur que de mal. Secouant un peu ses vêtements, Borden s'en retourna au camion du grand picoté qui avait retrouvé son calme. Le véhicule s'engagea en direction de Sainte-Émélie.

63

Tout était au beau fixe à la maison du chemin Cantin. Le dernier chiot avait trouvé niche chez la bergère du rang Sainte-Louise. Brod Champagne et François s'étaient faits à l'idée qu'on ne trouverait jamais réponse à l'incendie du lac d'Argent, même si l'enquête était toujours ouverte à la Sûreté du Québec de Saint-Michel. Les trois mois qui s'étaient écoulés laissaient peu d'espoir de voir un jour le dossier se rouvrir. Le seul élément sûr de l'histoire était que le feu était d'origine criminelle puisqu'on avait trouvé, à quelque distance, un bidon d'essence. François avait fait son deuil du chalet et puisque l'édifice n'était pas couvert, il en assumait seul la perte. L'homme se consolait tout de même à la pensée qu'il lui restait un site exceptionnel dont il pourrait se servir éventuellement. Ses énergies étaient maintenant dirigés vers deux seuls buts : la naissance de l'enfant et l'entraînement de la meute.

Les mushers du Nord avaient trouvé un mélange nutritif idéal pour augmenter les performances des chiens. La mixture composée de nourriture sèche, de restes d'abats d'orignal décongelés, de farine et d'eau faisait monter l'hydratation et la résistance des bêtes. Les chronos connurent une progression constante dès ce moment. Le couple n'espérait plus qu'une chute de neige pour comparer les résultats avec ceux de la saison dernière.

Le berceau du bébé était terminé et Boni, lorsqu'elle se trouvait près du meuble travaillé avec soin par François, lui donnait une poussée en s'imaginant un poupon installé dans ses couvertures moelleuses. Comme les journées passaient lentement depuis qu'elle se savait enceinte, la femme se complaisait à toute heure du jour dans de longues jongleries. Elle se revoyait des années plus tôt en plein désespoir, seule face à sa maladie s'interrogeant sur une vie qu'elle n'entrevoyait pas particulièrement prometteuse. Elle n'avait rien eu à craindre financièrement depuis son arrivée au Québec. Elle avait besogné chaque été pour payer ses études, à la fin desquelles, contrairement à la plupart des étudiants, pas une dette ne l'accablait. Aussi, dès qu'elle eut fait ses premières armes comme traductrice, elle consacra une portion généreuse de son salaire à l'épargne. Peut-être avait-elle pris cette habitude à cause de la frugalité imposée dans sa prime enfance. Toujours est-il que cet argent, auquel elle attachait une importance primordiale avant sa dépression, était devenu, après sa convalescence, un simple outil pour se refaire une vie. Depuis deux ans, cette orientation ne cessait de l'amener vers une nouvelle plénitude. Comme elle était contente de ses chiens, d'avoir fait confiance au mouvement de vie présent au cœur humain qui ne demande qu'à surgir lorsqu'on lui laisse le loisir de s'exprimer ! Bonita, lorsqu'elle songeait à ce cheminement, inscrivait la naissance à venir comme une espèce d'apothéose. En même temps, elle avait une pensée pour les femmes qui ne pouvaient pas enfanter dans ces conditions. Un épisode de sa vie d'enfant, qui l'avait marquée, refaisait surface : la vision d'une petite chatte qui avait dévoré dans la ruelle à Madrid, les deux plus faibles de sa portée. Sa mère, Conchita, lui avait expliqué à maintes reprises comment les animaux en arrivent à ces comportements en cas d'extrême nécessité. Ces images violentes, dont elle avait été témoin, la rendaient aujourd'hui encore plus consciente de son bonheur de mère.

Même si les choses n'étaient pas redevenues comme avant avec madame Salvail, qui avait recommencé à boitiller avec la venue de l'automne, la vieille se montrait un peu moins bourrue lorsque François se pointait au magasin général. Parmi les trois variétés de nourriture sèche, François et Boni avaient trouvé la saveur que les chiens préféraient. L'homme venait s'approvisionner de temps à autre. Il n'avait même plus à commander et avait droit à un inventaire que madame Salvail maintenait pour qu'il puisse trouver à satisfaire les besoins de ses bêtes. La vieille commençait même à se déchoquer et posait occasionnellement des questions sur la meute. François était perplexe devant ce changement d'attitude. Attentif à tout événement, et continuant à se méfier, l'homme tenait à ce que la vieille garde une humeur égale. Il n'aimait pas évoluer dans une atmosphère tendue. En réponse à une question de madame Salvail sur la baisse de consommation de nourriture sèche, il avait fait la moue en disant que Yoland Cantara, le boucher, lui fournissait de la viande. L'homme avait trouvé bizarre que la vieille se soit aperçue du changement dans ses commandes puisqu'il ne venait plus à intervalles réguliers refaire les réserves de la meute. Le musher n'avait pas poussé plus loin la suspicion, trop heureux que madame Salvail sorte enfin de son bougonnage.

64

Depuis que Borden avait adopté la petite husky au poitrail crème, la vie avait semblé revenir dans ses yeux de bête blessée. Fairfax avait lui aussi senti qu'il ne pouvait plus traiter le gros garçon de la même manière qu'auparavant. Une nouvelle volonté semblait habiter le gaillard qui refusait maintenant tout ce qui pouvait altérer son état normal. Fairfax était donc seul pour se péter la fiole au retour de ses rondes de livraison dans son repaire de Sainte-Émélie.

Le garçon le regardait boire, en caressant son animal qu'il gardait le plus souvent près de lui. Bien sûr, pour tout ce qui touchait au travail, Fairfax n'avait rien à lui reprocher, le gaillard besognait rudement, mais il sentait peu à peu qu'il perdait le contrôle de son jouet. Lorsque le gros gars était saoul, auparavant, le commis voyageur pouvait s'en permettre, en escomptant que les effets de l'alcool effacent de l'esprit du lourdaud les outrages qu'il lui faisait subir. Mais depuis que Borden refusait de boire, il avait retiré un outil à son maître pour l'asservir.

Il semblait même à Fairfax que le garçon l'espionnait quelquefois. Au cours d'une de ses conspirations avec la vieille Salvail, le grand efflanqué avait surpris Borden, l'oreille collée à la porte du back-store, faisant semblant de se chercher une friandise que la commerçante avait l'habitude de lui offrir.

Le complot allait bon train avec la vieille et, à chaque visite, tous les scénarios possibles étaient échafaudés. Fairfax était surpris, en discutant avec madame Salvail, des trésors d'idées tordues qui pouvaient trouver refuge dans la caboche de la femme. Peu de temps après l'épisode de la raclée subie par Borden, et qui avait fait le tour du village en un rien de temps, la vieille, dont les doigts commençaient douloureusement à crochir, en avait rajouté sur le sort fait au garçon. Devant le commis voyageur, fier comme un paon, elle avait rigolé de la différence de gabarit entre les deux hommes qui n'avait pas empêché Fairfax de corriger son employé. Borden avait accusé la boutade d'un haussement d'épaules en retournant s'asseoir dehors avec sa chienne aux yeux azur. Le garçon gardait son calme mais, à l'intérieur, son esprit en ébullition rageait. Ces derniers temps, son changement d'attitude avait modifié la perception des clients de Fairfax à son égard, et il était fier des compliments reçus de tout un chacun. Ce qui le confirmait dans sa voie. Au cours de ses dialogues solitaires avec sa petite chienne endormie, Borden forgeait sa nouvelle identité. L'observation silencieuse des gens qu'il côtoyait le changeait un peu plus chaque jour.

65

Les nuits froides laissaient, à l'aurore, un frimas sur les meubles du jardin et sur les planches de la véranda. François et Boni appréhendaient tous deux les flocons de neige. Les traîneaux avaient été passés au peigne fin pour corriger la moindre anomalie à l'approche de la première vraie saison de compétition. Les mushers avaient pris contact avec les fédérations régissant les courses de chiens auxquelles ils voulaient prendre part cet hiver. Boni, prudente, avait discuté avec François. Ils avaient convenu de s'inscrire au circuit provincial en début d'année afin de jauger la force de l'attelage. Plus tard en saison, on évaluerait s'il valait la peine de participer à des compétitions nationales, considérant le changement de conducteur et les modifications apportées à l'équipement. Disposant de plus de chiens, on pouvait avoir une meilleure latitude et remplacer une bête blessée par des animaux de relève. Quoique l'entraînement fût moins complet pour ceux-ci, ils pouvaient toujours dépanner en cas de besoin.

Lorsque François avait rencontré Boni, il s'était questionné sur les buts de la jeune femme dans cette entreprise. L'homme se doutait qu'elle ne voulait sûrement pas passer le reste de ses jours à courir derrière un traîneau. Elle lui avait expliqué que l'étape des courses ne prendrait que quelques années. Ses projections futures étaient de deux ordres : dès que la renommée serait acquise avec quelques saisons gagnantes en courses, Bonita souhaitait établir un chenil et produire des animaux pour la vente, et développer parallèlement un circuit d'expéditions hivernales. François avait trouvé les idées de Bonita pleines de sens et s'était intégré, dès que leur relation était devenue stable, dans le mouvement d'une originalité indéniable.

Il avait semblé à François, ces derniers jours, que les chiens prenaient de plus en plus à cœur leur besogne. L'homme, après chaque entraînement, en partageait avec enthousiasme les moindres déroulements avec sa compagne. Bien que plus préoccupée par son ventre, dont la rondeur commençait à paraître, Bonita y allait toujours de commentaires susceptibles d'aider François Berger à améliorer une facette ou l'autre de son travail. Vraiment, la prochaine saison s'annonçait intéressante. Peu à peu, le rythme imprimé par les courses journalières des chiens, réglait la vie à la maison du chemin Cantin.

66

Les vieilles mains, malgré leur déformation, travaillaient encore rondement. Elles avaient sûrement dû être très habiles, à les voir manipuler l'aiguille aujourd'hui. Madame Salvail était occupée à recoudre le haut d'un grand sac de papier brun sous le regard observateur de l'escogriffe à Fairfax.

« Be carefull, que rien paraisse, hein madam Salvye.

- Pas d'inquiétude à t'faire mon grand, j'ai reprisé des p'tites robes pâles du dimanche, personne va s'apercevoir que c'te poche-là a été ouverte. »

Aussitôt le travail terminé, Fairfax examina soigneusement le sac trafiqué en le comparant aux autres. Il n'y décela aucune différence. Satisfait, il le posa par-dessus les autres le long du mur.

« Sure that Berger vient chercher ses checkers jusse icitte ?

- Penses-tu qu'y irait r'virer à Joliette pour ça, voyons donc ! Y'en profite en même temps pour prendre des restants chez l'boucher, y fa sa commande, pis y r'tourne chez eux après. »

Au même moment, Borden entra dans le magasin; au changement du ton de leurs voix, le garçon s'aperçut que les deux comparses étaient à échafauder un mauvais coup. Le gaillard, ces derniers temps, avait remarqué que Fairfax le laissait en plan plus souvent qu'autrement. Quelques jours auparavant, le rouquin était allé à Montréal et Borden l'avait vu cacher dans le camion un contenant suspect. L'objet métallique orné d'un crâne posé sur deux fémurs avait attiré son attention. Malgré son peu d'instruction, le garçon savait que c'était là un produit dangereux.

« T'as fini ta job, mon Borden ? Va donc te chercher un bon apple pie chez Champagne, c'est ton boss qui paye », lança Fairfax en tendant au garçon un billet fripé.

Le gros bonhomme saisit le papier tendu vers lui et ressortit aussitôt. Dès qu'il fut à l'extérieur, le complot reprit de plus belle.

« No dog will survive avec c'te mix là, claironna Fairfax en regardant la vieille perdue dans ses pensées.

- What are you thinking about, madam Salvye ?
- J'y avais dit à François Berger. Un grand coup... Ça va donner un crisse de coup. »

67

François et Boni connaissaient un bonheur tranquille dans le confort de la maison du Chemin Cantin. Les nuits d'automne avaient réactivé le poêle qui répandait à longueur de journée des odeurs délicieuses et une chaleur bienfaisante.

« Le tricycle d'entraînement en est sûrement à ses derniers périples pour cette année », pensait François Berger.

On avait assisté dernièrement à des chutes de neige que les matinées ensoleillées avaient chassée sans trop de difficulté. Le souhait de la première bordée habitait le couple de Matawinie, mais pour des raisons différentes. Il semblait à Boni que l'hiver, avec son épaisse couverture neigeuse et ses sons étouffés, serait propice à une retraite dans la quiétude et la tranquillité. Elle se sentait comme une ourse cherchant sa tanière. François Berger, lui, au contraire, donnait l'apparence du lièvre fureteur qui n'arrête jamais sa course en toute saison. L'homme aujourd'hui avait sillonné la montagne sur six kilomètres malgré la boue qui coupait le sentier en plusieurs endroits. Les bêtes lui avaient paru dans une forme splendide. Rentré depuis peu, après avoir donné la pâtée aux chiens affamés, l'homme arrivait tout droit à l'atelier où les deux traîneaux prêts à glisser sur le tapis ouaté attendaient.

Dans la maison, après avoir enlevé ses vêtements humides, l'homme avait grelotté en regardant le ciel où l'éclat de la pleine lune était assombri par le passage des nuages. Boni l'avait accueilli en le serrant dans ses bras et invité à prendre une boisson chaude près du poêle. Après quelques gorgées, François Berger avait annoncé :

« Demain matin ça va être blanc partout. »

La femme l'avait regardé sourire aux lèvres.

« J'ai hâte; comme c'est beau l'hiver. »

68

Une pie criarde chantait, perchée à même un bouleau dénudé. François Berger ouvrit l'œil et se tourna vers Bonita. La femme, étendue sur le dos, respirait lentement, découverte jusqu'à mi-corps. L'homme la regarda puis se glissa lentement près d'elle, posant sa main sur le ventre chaud et bombé qu'il caressa langoureusement. Le geste réveilla la femme. Elle leva les genoux lentement ce qui acheva de la dénuder. François la regarda quelques instants, immobile, il put une nouvelle fois admirer le corps de sa compagne. Ce corps bien ferme qui restait désirable malgré la grossesse. Il continua à explorer de sa main le corps jusqu'à ce que la femme à moitié endormie tourne sur elle-même et pose une jambe entre les siennes. Bonita, plus réveillée qu'il ne le pensait, se mit à le bécoter en posant doucement les seins sur sa poitrine. La femme continua ensuite les câlins partout sur son corps. L'homme, yeux mi-clos, savourait en silence jusqu'au moment où il sentit les dents le mordiller sur une partie de son anatomie qui ne laissait aucun doute quant aux intentions de sa partenaire. Il se mit à respirer bruyamment, ce qui enhardit la jeune femme. Bonita prit le gland de son mâle dans sa bouche, le chatouilla de sa langue en aspirant délicatement. François Berger s'assit sur le lit pour observer Boni qui commençait à s'emporter en l'entendant se plaindre. Il posa doucement la main sur ses fesses en s'approchant, la femme écarta les jambes alors. Des doigts, l'homme caressa la vulve humide ce qui fit tourner Bonita sur elle-même sans abandonner la verge. François posa les épaules au lit et la jeune femme se mit à balancer légèrement sur ses genoux en offrant son sexe échauffé au regard embrouillé de son homme. Berger, qui était prêt à exploser, stoppa sa partenaire; elle tourna la tête juste au moment où il se mit, de la langue, à titiller ses lèvres et son clitoris. Peu de temps après, la femme se dégagea du piège envoûtant. Des sons et des odeurs remplissaient maintenant la pièce où les deux corps chauffés à blanc continuaient leurs jeux. Boni, prête à l'assaut final, descendait lentement vers l'organe rigide qui reposait sur le ventre de son compagnon. Elle le releva d'une main et se l'introduisit dans le vagin en glissant dessus voluptueusement. Dès cet instant Bonita put sentir à l'intérieur d'elle-même, dans sa caverne gonflée, les battements du cœur de son amoureux. Ils interrompirent la séquence quelques instants, reprenant leur souffle et se chuchotant des mots doux. Bonita se réactiva à deux ou trois reprises ce qui la fit s'affaler tandis que François la suivait dans le tourbillon luxurieux. Elle se cramponna quelques instants après son mâle pour le garder prisonnier. Pour apaiser leurs sens, ils restèrent silencieux, figés dans leur plénitude.

« Y a rien comme l'amour le matin », lança l'homme un peu plus tard.

Bonita, calme et assouvie, se leva pour préparer le déjeuner.

69

Une bonne couche de neige accueillit François dès qu'il se présenta face à la fenêtre de la cuisine.

« Tu as visé juste hier », lança Bonita à son homme fier du pronostic de la veille.

La pie qui avait accompagné leurs ébats était plantée dans le grand arbre qui faisait face à la maison. L'homme observa l'oiseau chapardeur. Le volatile curieux dans sa livrée noire et blanche, pointait le regard vers l'arrière de la maison, attentif mais immobile. François Berger réalisa d'un coup combien tout était calme. La pie se décida et, après un sautillement sur la branche, plongea de son observatoire vers l'arrière-cour. L'angle de vol de l'oiseau énergique intrigua l'homme.

« Sûrement qu'il aurait maille à partir avec un chien au passage », pensa François.

Il attendit, mais en vain, la réaction de quelque canidé.

« Le déjeuner est prêt tu viens ? » fit Bonita en prenant place à table.

- Juste un instant, je vérifie quelque chose avant. »

L'homme sauta dans ses bottes et mit une veste de laine sur ses épaules. Arrivé dehors, il fit envoler la pie qui se tenait debout proche de la niche de Lanzo sur un petit tas de neige. Berger était de plus en plus perplexe devant le calme des bêtes. Peut-être étaient-elles toutes au chaud dans leurs cabanes ? Ce silence ne présageait rien de bon. François Berger se précipita à l'endroit où l'oiseau s'était posé. Une tache rouge sur la neige confirma ses doutes. Sur place, on voyait un globe oculaire hors de son orbite. François se pencha et se mit rageusement à pousser la couverture blanche de ses mains nues. Une forme grise se révéla en un rien de temps. La carcasse de Lanzo. Une larme coula sur la joue velue de l'homme. Il fit un tour rapide des niches et y trouva plusieurs bêtes, toutes inanimées, langues sorties entre les crocs, yeux grand ouverts. D'autres cabanes étaient vides. De petits amas de neige s'élevaient devant chacune d'elles. François devinait aisément ce qui se trouvait dessous. De grands sanglots sortirent de sa poitrine, après qu'il fut tombé à genoux dans la neige immaculée.

Dans l'attente du retour de François, Bonita s'était résolue à aller voir de quoi il en retournait dehors. Arrivée près de l'atelier, la femme réalisa la gravité de la situation en voyant son homme prostré sur le tapis blanc, visage dans les mains. Elle s'approcha de lui. Il cria, catastrophé :

« Tous crevés, nos chiens, Boni... Pas un de vivant ! »

70

Les berceaux faisaient entendre leur grincement de plus en plus monotone à mesure que les journées défilaient sur le calendrier. Depuis la perte des bêtes, François Berger était inconsolable. Il passait beaucoup de temps à se balancer sur sa chaise, face à la fenêtre. Curieusement, la couche de neige qui avait recouvert les chiens s'était maintenue. Pour le deuxième hiver de suite, il semblait que la bordée initiale allait rester. Bonita fatiguait de savoir les bêtes mortes, toutes au même endroit. Heureusement que le froid n'avait pas cassé, pensa-t-elle. Pour cette raison la femme n'avait pas trop insisté face à François pour qu'il s'occupe des carcasses. Elle comprenait la réaction de l'homme qui avait réellement pris à cœur le développement de la meute ces derniers temps. D'une journée à l'autre, se disait-elle, il retombera sur ses pieds et recommencera à faire des projets.

Bonita était quand même surprise de ses propres réactions face au coup du sort. N'était-ce pas là ses économies qui s'envolaient? Il ne lui restait maintenant que sa bonne maison chaude et quelques milliers de dollars. Pas de quoi asseoir une famille pour longtemps. Mais, curieusement, la situation qui l'aurait mise en état de panique auparavant ne l'affectait pas outre mesure. Était-ce les toc toc qu'elle avait ressentis dans son ventre depuis, ou de nouvelles énergies de vie accumulées ces deux dernières années qui prenaient le pas sur ces durs moments vécus récemment.

La deuxième déconfiture, en peu de temps, était plus difficile à encaisser pour François. L'ex-ingénieur, jusqu'à la perte douloureuse de sa première femme, n'avait essuyé que peu de revers dans sa vie jalonnée de succès.

« Penses-tu qu'on devrait faire analyser une carcasse pour savoir de quoi les chiens sont morts ? risqua Boni.
- À quoi ça servirait, on voit bien que c'est dans leur nourriture qu'il y avait quelque chose de pas correct. Probablement que dans les restes de Yoland Cantara se trouvait un animal infecté. C'est ça qui a fait périr nos chiens; à quoi bon chercher des coupables où y'en a pas? »

Bien que Bonita divergeât d'opinion, elle se réjouissait que l'homme ait gardé l'esprit clair. Elle l'encouragea :

« Tu as raison, à quoi bon remuer les vieilles cendres, on trouvera bien où mettre nos énergies. »

L'homme la regarda avec un sourire. Elle s'approcha. Il appuya sa tête sur son ventre chaud en essayant de percevoir la vie qui commençait à se manifester à l'intérieur. François Berger décolla son oreille et fit mine de cogner du poing le bedon arrondi :

« Y a quelqu'un là-dedans ? »

La femme répliqua :

« Sûr qu'il y a quelqu'un de bien vivant, et ce petit cadeau il est pour toi et moi. »

71

Le Borden commençait sérieusement à ressembler à un grand gars respectable. Depuis qu'il avait lâché le biberon, le garçon avait resserré régulièrement les crans de sa large ceinture de cuir. Le gaillard devait bien avoir perdu une dizaine de kilos depuis septembre; certaines jeunes filles commençaient même à le remarquer, ce qui augmentait son estime de lui-même. Comme le travail avait singulièrement ralenti en ce début du dernier mois de l'année, le garçon flânait à loisir à chaque station où Fairfax s'arrêtait. Dès que le rouquin se pointait à Saint-Zénon, Borden s'activait à finir son travail au plus vite pour aller se réfugier chez Brod Champagne. Au cœur de l'été, une fille un peu dodue avait attiré son attention et, à chacun de ses arrêts, il l'avait observée discrètement. Ainsi il savait que la fille en question était Carole Champagne. Elle avait terminé son secondaire et depuis travaillait au *Trois Étoiles* à temps partiel. Elle était la nièce du propriétaire. Son regard distant au début, semblait différent depuis peu.

La husky qui accompagnait Borden partout avait grandi. Le grand gars mettait toutes les énergies qu'il fallait pour qu'elle soit bien élevée.

Malgré son jeune âge, on voyait dans les yeux de la bête, et à travers ses mimiques, qu'elle était éveillée et intelligente. Comme un trophée, elle trônait souvent aux côtés de son maître. Assise dans sa position caractéristique, écoutant ses moindres commandements. Au début, Fairfax avait boudé Borden pendant quelques semaines. Il avait tenté à plusieurs occasions de séparer les deux alliés mais devant la résistance du gaillard, il s'était résigné.

Depuis que Fairfax « opérait » commerce, il n'avait jamais vécu d'année aussi bonne, et il savait pertinemment qu'une large part de son succès était due à son helpeur qui avait amélioré son service à la clientèle. Pour cette raison, le respect commençait à s'installer en lui face au jeune homme. Il ne voulait pas faire de gestes qui auraient poussé ce dernier à chercher un gagne-pain ailleurs. Suite au mauvais coup du lac d'Argent, Fairfax faisait tout son possible pour tenir Borden à l'écart de ses combines. De toute façon, il savait que dorénavant le garçon serait plus questionneux et qu'on ne pourrait plus le leurrer comme avant. Le commerçant avait même, dans les derniers mois, augmenté les gages de son employé à deux reprises. À chaque fois Borden l'avait remercié, sans plus, sachant fort bien qu'un rattrapage prendrait du temps à équilibrer la balance entre les deux.

Le garçon avait mis quelques sous de côté à mesure que son salaire augmentait. Il rêvait de changer un peu son allure vestimentaire. Mais comment allait-il s'y prendre, lui qui n'avait jamais mis les pieds dans des magasins de linge ? Carole Champagne, pensa-t-il.

La waitress, qu'il trouvait de son goût, pourrait lui donner de l'aide à ce niveau. Depuis quelque temps, il lui adressait la parole occasionnellement; la jeune femme lui répondait poliment, sans allonger la discussion. Mais Borden, plus que réservé de nature, se demandait de quelle manière prendre contact. Il résolut d'aborder la demoiselle lors du prochain voyage à Saint-Zénon.

72

Le nouveau camion de Fairfax n'avait déjà plus de secret pour Borden qui savait où chaque marchandise était disposée à l'intérieur. À part un coffret, dont seul son picoté de patron avait la clef, le garçon en faisait son domaine. Il fallait le voir aller piger dans le cœur de la grosse boîte métallique tous les items des commandes pour s'en convaincre.

Le gaillard était méfiant sur le changement d'attitude de l'Écossais à son égard depuis ces derniers temps. Le maigrelet continuait à rouler beaucoup d'argent pour cette période de l'année. Des arrêts plus fréquents chez les clients qui ne prenaient pas de commandes, mais dont Fairfax s'occupait personnellement, pouvaient expliquer ces entrées de fonds. Il semblait que c'était cette nouvelle clientèle qui rendait le grand sec de si bonne humeur. Les nouveaux acheteurs ne cessaient d'augmenter en nombre et dépassaient maintenant la clientèle traditionnelle des épiceries et des marchands généraux.

On était au matin de la ronde de livraison. Après avoir chargé le camion et fait route vers Saint-Zénon, Borden avait repassé dans sa tête la façon dont il allait se comporter au restaurant. Même son Anglais de boss n'avait pas réussi à lui tirer les vers du nez sur son air sérieux.

Dès leur arrivée chez madame Salvail, le costaud était descendu sans un mot et avait filé droit au *Trois Étoiles*. Son patron en avait été quitte pour se débrouiller avec la besogne. L'horloge du restaurant marquait dix heures lorsque Carole Champagne aperçut le grand Borden qui descendait la rue Principale. Elle remarqua le pas décidé du gars mais aussi son ample pantalon qui fouettait ses jambes sous l'effet du vent hivernal. Occupée à laver les tables et à remplir les salières et les poivrières, la fille se trouvait seule dans l'établissement. Le grand gaillard entra et alla s'asseoir au comptoir en la saluant.

« Bonjour Made... Mademoiselle Carole », hésita-t-il.

La fille se retourna et lui sourit.

- Qu'est-ce que je peux faire pour toi ?
- Borden voudrait un verre de lait. »

Carole Champagne remarqua que le grand gars avait rougi en faisant sa demande. Tout en se penchant pour prendre le pichet de lait dans le réfrigérateur, elle sentit le regard posé sur elle par le grand blond. Elle n'en fit pas cas, servit le garçon, et continua son train-train. Borden cala d'un coup le jus de vache en observant chaque geste de la jeune femme.

« Eh, hum... » La jeune fille, absorbée par son travail ne réagit pas au premier raclement.

« He, hum ! » se reprit-il une deuxième fois.

Elle l'entendit ce coup-ci et revint vers le garçon satisfait. Il la dévisagea sans prononcer une parole. La serveuse ne savait plus trop quoi dire. Lorsqu'il vit qu'elle allait s'éloigner de nouveau, il murmura en levant son verre :

« Un autre... Borden veut un autre verre de lait. »

La fille sourcilla et remplit à nouveau le récipient. Comme elle allait retourner aux tables terminer son travail, le garçon se décida :

« Borden aurait besoin de vous, mademoiselle Carole. »

La serveuse s'approcha en souriant.

« Comment ça ? » fit-elle interrogative.

Le regard bleuté presque implorant du garçon la frappa.

« Borden voudrait aller s'habiller chez Boisvert, mais y sait pas comment ça marche... »

La jeune femme posa son regard soupçonneux sur le grand gars :

« Es-tu sérieux... j'ai-tu bien compris ? »

Lorsqu'elle vit que le blondin, baissant les yeux, allait rentrer dans son tabouret elle se reprit.

« Vendredi... vendredi soir, ça t'adonnerait ? »

Les paroles eurent un tel effet sur le grand blond qu'il sauta littéralement sur le comptoir.

« Vous voulez, mademoiselle Carole, c'est pas des farces, vous voulez ? »

La serveuse acquiesça de la tête par deux fois pour s'assurer qu'il avait compris. Dès que le colosse fut sûr de la réponse, il prit la porte, en proie à une telle excitation qu'il retourna en dansant d'où il était venu. Carole Champagne le regarda à nouveau remonter le trottoir. Le garçon se ramassa à quelques reprises sur le derrière, mais sitôt tombé, il se relevait tel un ressort à boudin. À le voir aller, on sentait que rien ne pouvait l'atteindre, ni enlever la joie qui gonflait son cœur d'enfant.

73

Le téléphone sonna et, avant même qu'il se soit fait entendre une autre fois, une grosse main l'avait saisi. En ce dimanche matin frisquet de décembre, tout était calme comme à l'habitude à Saint-Zénon. Brod Champagne reposa le combiné sur son support et sortit du lit.

« Georgette, pourrais-tu me préparer un déjeuner en vitesse ? »

La phrase tira madame Champagne de sa rêverie. Elle mit sa robe de chambre et courut aussitôt à la cuisine et prépara un copieux repas. Elle savait que même s'il y avait urgence, Brod Champagne ne travaillait jamais le ventre vide. Le contracteur réapparut, habillé comme en semaine, et se mit à ingurgiter œufs, jambon et petites patates rissolées. Il vida son assiette le temps de le dire. Dès qu'il eut terminé, il prit le gros thermos posé sur le buffet, déposa un bec rapide sur le front de sa femme et sortit dans un même mouvement. Il sauta dans son pick-up et Georgette Champagne sut, à la direction qu'il prenait, que le contracteur allait à son atelier. Elle s'installa à la fenêtre et le vit repasser au volant de son fardier cinq minutes plus tard.

Brod passa devant le magasin général et, tout concentré qu'il était à conduire, il remarqua quand même la noirceur qui régnait à l'intérieur. Une fine neige reposait sur la chaussée, il ralentit l'allure de son mastodonte. À la sortie du village, il vit les traces d'un véhicule sur le pavé blanchi. Le contracteur pensa à l'appel reçu. Il savait que, dans une quinzaine de minutes, il aurait à s'acquitter d'un travail délicat.

Brod constata la gravité de la situation dès qu'il arriva sur les lieux. Les garde-fous étaient fauchés sur une trentaine de mètres. Il arrêta son camion sur le bord de la chaussée et disposa immédiatement trois fusées d'avertissement en bordure de la route pour prévenir du danger. Une auto-patrouille arriva peu après. Un policier en émergea. Après avoir échangé de courtes phrases, les deux hommes descendirent le long du chemin. Ils y rencontrèrent une personne qui remontait péniblement vers eux. Le policier la questionna rapidement pour savoir de quoi il retournait. À la mimique de l'homme, il constata qu'il fallait s'attendre au pire. Le témoin leur expliqua que lui et sa femme revenaient de Joliette de bonne heure et qu'au passage des Sept-Chutes, une fine neige s'était mise à tomber. Son épouse au volant avait modéré sa vitesse lorsqu'à un tournant, un camion dévalant la route sinueuse les avait évités de peu. L'homme estomaqué avait eu le temps de se tourner sur la banquette pour voir disparaître le cube dans le ravin. Il avait porté secours et envoyé sa conductrice donner l'alerte.

Après avoir entendu le témoignage, Brod Champagne et le policier descendirent plus bas en s'agrippant à tout ce qui pouvait les aider à ne pas débouler. En dépassant un petit bouquet d'aulnes, ils aperçurent le véhicule renversé dans la rivière.

La position du véhicule fit conclure aux hommes que plus personne n'était vivant à bord. Après un bref examen de la situation, ils remontèrent vers la route et rejoignirent leur informateur qui avait pris place dans l'auto-patrouille pour se mettre à l'abri du froid.

74

La pépine travaillait depuis quelques minutes. On était maintenant prêts à enterrer les bêtes, Bonita et François se tenaient côte à côte. François alla regarder la profondeur du trou pour ensuite dire deux mots à Brod qui maniait avec habileté les manettes activant le bras hydraulique articulé. Il recula et vit l'excavatrice pousser l'amas de carcasses dans le fossé. Tout en fixant la scène, le couple eut un dernier regard vers les bêtes raidies par le gel. Si la mort des chiens s'était produite en saison chaude, François aurait lui-même creusé, mais en cette période de l'année le sol restait gelé. Aussitôt le travail terminé et le tracteur remonté sur sa remorque, Brod vint rejoindre ses clients à l'intérieur où une boisson chaude l'attendait.

« Ça fait du bien un bon r'montant ! s'exclamat-il en plongeant les lèvres dans sa tasse. J'vous dis que le travail ne manque pas, j'ai pas lâché depuis deux jours...

- C'était pas dimanche hier ? François curieux questionna.

- Ouais le dimanche à Saint-Zénon d'habitude, chanta Brod d'un air théâtral : j'ai sorti un truck d'la rivière aux Sept-Chutes.

- Pas de victimes, j'espère, fit Bonita. »

Wilbrod Champagne plongea une nouvelle fois le nez dans le bouillon, puis se décida solennel :

« Oui, deux personnes, pis connues à part ça... »

François et Bonita échangèrent un regard interrogateur.

75

L'odeur du café s'élevait dans la cuisine de la grande maison de madame Salvail. Ce matin, la bouboule s'était mise sur son trente-six, et malgré une veille mouvementée, elle semblait de bonne humeur. La vieille alla dans une pièce voisine brasser un long corps osseux et revint à ses poêlons. Sorti de la chambre en bâillant, Fairfax vint s'asseoir à table en fixant son assiette débordante. Il eut presque un haut-le-cœur. Madame Salvail, qui le regardait, lança entre deux bouchées :

« T'as pas faim, mon grand ? »

Aussitôt qu'il ouvrit la bouche pour répondre, une odeur d'alcool se répandit dans l'air. La vieille sut que son comparse avait bu plus qu'elle pensait.

« T'as faite un bon breakfast, madam Salvye, mais Fairfax est pas trop hungry à matin. »

La vieille ronchonna un peu pendant que le picoté s'envoyait une gorgée de café derrière la cravate. Après sa première tasse, l'homme revint à la vie. Madame Salvail finissait son assiette, souriante.

« Penses-tu que tu vas être en forme pour not'party ?

- Don't worry, madam Salvye, j'm'en viens correct là... »

Dernièrement, les deux acolytes avaient planifié une virée à Montréal pour souligner leur fin d'année exceptionnelle. Fairfax avait eu vent d'un nouveau club à Pointe-Claire où on organisait des « boy shows », comme il disait. Dès qu'il en avait glissé mot à la vieille, ils étaient tombés d'accord. L'endroit choisi permettait à Fairfax de reprendre contact avec d'anciennes connaissances, et madame Salvail y trouvait aussi son compte, persuadée de ne rencontrer personne susceptible de trahir son penchant pour les ti-gars.

Les comparses, à la vie monotone, ne savaient plus quoi faire de leurs corps. On comprenait facilement, ce matin, l'excitation de la commerçante. Fairfax, quant à lui, avait fait son deuil de Borden, qui avait pris sa vie en main. Ce nouvel échec amoureux l'avait rendu particulièrement amer. Pour la vieille, la satisfaction des coups bas à François et à Boni s'était estompée en même temps que grandissait son penchant immodéré pour la pornographie. Cela la stimulait. Elle vivait de nouvelles expériences.

Après avoir vidé la cafetière, Fairfax s'habilla pendant que madame Salvail débarrassait la table en vitesse. En un rien de temps ils se retrouvèrent assis dans le camion de livraison du voyageur de commerce et amorcèrent leur voyage vers Sainte-Émélie.

76

Madame Salvail connaissait bien l'hiver en Matawinie. Elle savait que la route entre Saint-Zénon et Sainte-Émélie était hasardeuse. Ce matin, lorsqu'elle était montée à bord du camion, telle une collégienne en vacances, la femme jubilait de fermer boutique. La journée choisie ajoutait à son plaisir. C'était là une douce revanche sur sa clientèle, tout assidue qu'elle était derrière son comptoir depuis des années.

La commerçante avait prévenu les clients habituels de la fermeture temporaire de son établissement. Questionnée par les commères du coin, elle était restée muette sur ses raisons. Le soir précédent, lorsque Fairfax s'était présenté chez elle, la vieille avait ressenti une joie vive à placer dans la porte d'entrée l'écriteau : « Fermé pour aujourd'hui ».

Madame Salvail s'était appliquée à composer cet avertissement au crayon feutre. La vieille était tellement euphorique qu'elle remarqua à peine la neigette qui recouvrait le pare-brise de Fairfax.

« De toute façon, pensa-t-elle, le voyageur est habitué à conduire le véhicule par tous les temps. »

Toute mise en garde de sa part lui sembla superflue. La hâte de l'événement qu'elle allait voir en ville lui faisait tourner la tête, et, alors qu'elle fixait la route, béate et silencieuse, la femme n'en avait que pour son voyage intérieur, sans égard à tout ce qui se passait autour.

Une fois dépassées les limites du village, il lui sembla que le camion allait à bonne vitesse en voyant du coin de l'œil les poteaux blancs des garde-fous disparaître de sa vision latérale. Elle sortit un peu de sa torpeur pour jeter un regard au grand dégingandé de conducteur.

« Tu vas vite, là, Johnny. » Aucune réaction ne sembla affecter le gars crispé aux yeux exorbités.

« C'est glacé, des fois, Johnny », risqua-t-elle dans un second souffle.

On eût dit que Fairfax était hypnotisé. Il ne réagissait que d'une manière : en appuyant plus fortement sur l'accélérateur. La manœuvre accentua l'inquiétude de madame Salvail dont le front était maintenant couvert de sueurs froides.

« Tu vas nous tuer ! » cria la femme.

Au même moment le camion dérapa, quitta la route et, après un tonneau, s'immobilisa dans la rivière Noire.

77

Le câble d'acier grinçait, avalé par le treuil du mastodonte qui reposait sur le fardier, plus haut sur la route. Plusieurs automobiles stationnées en bordure du chemin, attendaient à la queue leu leu. Les curieux agglutinés à quelque distance, parmi lesquels un policier, assistaient à la remontée du véhicule à demi immergé.

Dès que le camion fut sorti du lit de la rivière, le deuxième policier qui attendait sur le rivage, s'approcha pour en vérifier le contenu. Un corps à la chevelure rousse était visible par la fenêtre de la portière gauche. L'homme en uniforme fit plusieurs signes à l'opérateur, lui faisant comprendre de cesser les manœuvres, puis il contourna le véhicule renversé à la recherche de quelque autre victime. Arrivé du côté opposé, il s'aperçut que la vitre du passager, fracassée sans doute sous le choc, manquait.

Émergeant de la foule de badauds, un troisième homme en kaki se présenta, caméra en bandoulière, descendit la pente et se mit à prendre cliché sur cliché. Brod Champagne abandonna son poste de pilotage et descendit jusqu'à la rivière. Il laissa les policiers discourir en scrutant du regard le bassin où le camion s'était échoué. Il remarqua que le cours d'eau en cet endroit s'élargissait de plusieurs mètres. Les aulnes qui couvraient ses rives l'empêchaient de voir plus loin, mais il soupçonna que la surface liquide, où le courant de la rivière ralentissait, devait être d'une assez bonne dimension. Il contourna les arbrisseaux et se mit à suivre le rivage posant, à l'occasion, les pieds dans l'eau. Il manqua à quelques reprises se retrouver en mauvaise posture.

Arrivé un peu plus loin, Champagne prit pied sur un rocher plat surélevé d'où il pouvait scruter des yeux les moindres recoins de la rivière. Son œil observateur ne mit pas trop de temps à repérer une forme sombre à demi immergée, en aval, parmi les rochers et les branchages. Il continua avec précaution à descendre jusqu'à la cascade. Près de là, la forme d'un corps humain se précisa. Il cria à l'intention des policiers :

« Oooohé... j'ai trouvé quelqu'un. »

77

Fier comme un paon, mais un peu mal à l'aise dans son veston, un homme blond, d'imposante stature, se promenait sur le tapis feutré. Sous les regards amusés de deux personnes, il s'exécutait maladroitement, tel un manchot sur les glaces du Pôle. Allant tour à tour du miroir aux observateurs, Borden, peu sûr de lui, guettait de l'œil un commentaire qui se faisait attendre. Finalement Carole Champagne ouvrit la bouche :

« T'es pas mal beau dans celui-là... »

Le grand gars en entendant la remarque bomba le torse.

« Va falloir que tu te décides, il est tard », continua la fille un peu impatiente.

On était presque à l'heure de fermeture du magasin à la vitrine abondamment éclairée de Saint-Michel-des-Saints.

« J'le prends », laissa tomber le garçon en rougissant.

Il y avait bientôt une heure que Carole et lui avaient fait leur entrée à la mercerie Boisvert, un des rares marchands de vêtements de Matawinie. Pour pantalons et chemises, le gaillard n'avait pas trop lésiné mais, trop rapide dans ses premiers choix, il était subitement devenu indécis, histoire de prolonger les instants passés avec son accompagnatrice.

Carole Champagne avait estomaqué le grand blond au regard azur lorsqu'elle était venue le prendre au restaurant, au volant du beau camion de son oncle. Assis derrière la devanture, Borden l'attendait depuis une demi-heure en regardant le cadran de sa montre toutes les trente secondes, nerveusement. Quand il la reconnut, il laissa son pourboire sur la table et prit place à bord. Aussitôt son passager assis, la jeune femme démarra :

« Salut, ça va ? »

Un « oui » inaudible sortit de la gorge de Borden en même temps qu'il la regardait pour la première fois habillée autrement qu'avec son uniforme de serveuse. Il eut le temps de l'observer à plusieurs reprises, de la tête aux pieds, à la lueur des lampadaires du village de Saint-Zénon avant la sortie du patelin.

Le veston alla rejoindre le reste des vêtements dans l'un des grands sacs de papier brun vert sur le comptoir. Monsieur Boisvert fit crépiter la caisse électronique. Borden paya, et le couple sortit, salué par le commerçant satisfait qui ferma boutique derrière eux.

Carole entendit le grand gars siffler sa bonne humeur lorsqu'ils remontèrent dans le véhicule. Un peu plus loin, elle lui suggéra :

« On prend un café quelque part ?

- Oui, oui, c't'une ben bonne idée, mademoi-selle Carole, on prend un café... »

La femme arrêta dans une petite binerie de Saint-Michel, elle ne voulait pas être vue tout de suite avec le grand blond, du moins pas dans son village natal.

79

La peau distendue se mit à bouger, et la main posée dessus ondula. Une tête se déposa aussitôt sur le monticule chaleureux. Un éclat de rire parcourut la pièce.

« Tu m'chatouilles... »

La tête de François se fit aller délicatement, telle une vadrouille sur le bedon, tout en immobilisant cuisse et épaule pour empêcher Bonita de se libérer.

« Arrête ! » lança la femme parcourue de secousses incontrôlables.

« Je vais faire pipi au lit! »

L'homme cessa son manège, se retira et, redevenu sérieux comme un pape, posa les deux mains sur le ventre de sa femme comme une diseuse de bonne aventure sur sa boule de cristal.

« Bedoum, bedoum... un autre coup de pied », dit François.

Le silence s'établit dans la pièce dans l'attente d'une nouvelle manifestation de la présence de la petite créature active.

« Il doit s'être endormi, expliqua François, il ne se passe plus rien. »

Bonita acquiesça en fixant le plafond du regard. L'homme se coucha à ses côtés.

« C'est vraiment spécial que de sentir gigoter comme ça dans ton ventre. Je me souviens de grand-papa Louis qui m'avait raconté une fois, dans ses mots, le plaisir de la découverte d'un bébé dans son cocon. Tu sais, les vieux parlaient rarement de ces choses-là, surtout à son époque. Ça faisait partie de ce qu'on appelait les histoires de chambre à coucher. Il avait comparé à mots couverts pour se faire comprendre, la sensation à celle d'un pêcheur avec un poisson au bout de sa ligne. »

Bonita écoutait, béate, les commentaires de son homme, curieux et ouvert à ces nouvelles expériences qu'il vivait et qui lui mettaient des feux d'artifice dans les yeux.

« Je comprends un peu plus ce qu'il voulait dire aujourd'hui... J'ai frissonné tout à l'heure jusqu'au bout de mes cheveux. Pour la première fois j'ai senti toute cette force de vie qui poussait en dedans de toi. J'en suis tout à l'envers. »

La femme enchaîna :

« Lorsque je suis arrivée au Québec, une des premières expressions qui m'a frappée, quand j'en ai su la signification, était : se regarder le nombril. Je la trouvais drôle. Sais-tu que je passerais mes journées à le faire si je n'avais pas d'autres chats à fouetter ?

- Je te comprends Bonita, mais je suis jaloux un peu... Il n'y a pas de place dans mon ventre, je ne pourrai jamais ressentir tout ce que toi tu sens. »

La femme heureuse réalisa, à ces mots, toute la portée de la venue dans sa vie d'un poupon, et la spécificité de ce rôle millénaire.

80

Depuis qu'elle se savait enceinte, Bonita goûtait pleinement les joies de la maternité. Dans son corps en premier, attentive à tous les signes du développement de la vie au creux de son être. Dans sa tête ensuite, grâce aux diverses lectures sur le sujet. La femme se sentait de plus en plus d'attaque pour vivre un des plus beaux moments de la vie. Comme les activités avec les bêtes avaient tourné court, le couple avait tout le temps voulu pour mettre les dernières touches à la préparation de l'heureux événement.

Le trousseau de bébé était prêt. Les journées s'écoulaient, partagées en longues marches sur le tapis moelleux hivernal, lecture au coin du feu, petit somme en après-midi et repas tranquilles. La relation des tourtereaux s'était modifiée peu à peu au fil des mois. Faite de leurs regards tournés l'un vers l'autre, elle s'orientait maintenant vers la vie de famille en devenir. François, en cachette, lorsque Boni sommeillait l'après-midi, avait entrepris un travail qui le passionnait: la confection d'un « papouse ». L'homme s'était basé sur des conseils reçus d'une autochtone de Manouane rencontrée dans un restaurant de Saint-Michel-des-Saints. Le sac à bébé, bâti sur un cadre de bois léger, serait un outil indispensable pour faire prendre l'air au nourrisson confortablement. Composé d'un contenant en cuir souple cousu à l'aide de lanières, dans lequel une enveloppe de laine était introduite. La trouvaille rendrait sûrement Bonita heureuse. Ce cadeau secret, François se gardait le plaisir de le dévoiler à sa compagne en temps opportun.

La période des Fêtes était terminée depuis peu, et les amoureux avaient dû se résoudre à suivre un peu les réunions, histoire de faire plaisir à leurs nouvelles amitiés de Saint-Zénon. Ainsi on avait eu droit au réveillon de Noël chez Brod et Georgette Champagne. Tandis que le jour de l'An s'était déroulé au chemin Cantin avec Conchita, Manuel, Carole et ses oncles et tantes.

Depuis la mort de Fairfax, à qui aucune famille n'était connue, Borden avait hérité de tous les cossins du commerçant. Il avait vidé les locaux du voyageur de commerce à Sainte-Émélie avec l'aide de Carole et de son oncle. Le tout s'était retrouvé dans l'entrepôt de Wilbrod à Saint-Zénon. Quant au grand blond, perdu au départ, il avait emménagé, en attendant, dans la grande maison des Champagne, donnant un coup de main à ses hôtes dans leurs multiples travaux.

81

La fumée montait droit dans le firmament sous les rayons du soleil matinal. Un froid hors de l'ordinaire figeait tout le paysage. Un crissement venu de l'intérieur de la maisonnette trancha le silence. À une fenêtre, un visage apparut, c'était le faciès de Borden scrutant les alentours du lac Sawin en grattant les carreaux rendus opaques par le gel.

On était en début de semaine et le temps cassant immobilisait presque toute la Matawinie. Les promenades en motoneige promettaient des engelures, aussi les machines à chenilles, recouvertes de leurs bâches, demeuraient-elles en place près des habitations. Les gens étaient tous bien au chaud en attendant que la lune change de quartier et amène le redoux. Depuis deux jours, Carole et Borden étaient captifs de la froidure dans la montagne à une dizaine de kilomètres de Saint-Zénon.

La femme risqua une question en s'étirant sur sa couche :

« T'es sûr que la motoneige veut pas partir ?
- J'ai toutte essayé à matin, Carole... »

Le grand gars, la phrase à peine prononcée manqua s'étouffer et devint rouge comme une tomate.

« Excusez-moi mademoiselle Carole, j'me suis échappé. »

La waitress encore emmitouflée sous ses couvertures fit un sourire.

« T'excuser de quoi, de m'avoir appelée par mon nom? »

Le garçon, muet, continua de baisser le regard.

« Si tu veux savoir, Borden Simoneau, y était à peu près temps que tu te décides à laisser tomber les cérémonies. Ça fait au moins deux mois qu'on se voit régulièrement.
- Vous savez mademoiselle Carole, Borden a été élevé à dire " vous "... ma mère trouvait ça ben plus poli. »

La fille le fixa en se passant les mains dans la chevelure.

« Écoute, le grand, je considère que je suis ton égale, ni plus ni moins que toi, aussi j'aimerais qu'on laisse tomber les fla-flas, à moins que tu veuilles que je t'appelle monsieur Borden. »

Le jeunot souleva le menton interloqué.

« Correct là, correct, j'vas essayer de t'appeler Carole, mademoiselle Carole. »

Aussitôt la réplique lâchée, le blondin se réfugia à nouveau dans le silence, conscient de sa nouvelle maladresse. Carole Champagne sortit du lit et alla le rejoindre, elle l'entoura d'un bras et se pencha pour voir ses yeux.

« Relaxe Borden... on est tellement mieux quand on se laisse aller. »

Borden Simoneau risqua un œil timide vers la fille au bon cœur sans trop savoir quoi penser.

De grosses larmes coulaient sur les joues rougies accompagnées de reniflements. Les larges épaules continuaient périodiquement à être parcourues de soubresauts impressionnants. Carole Champagne se surprenait de la force du cri du cœur dont elle avait été témoin. Depuis qu'elle connaissait Borden, elle avait soupçonné, à son allure, qu'il avait dû vivre une enfance difficile. Sa manière de quêter l'approbation et son peu d'assurance en étaient une manifestation évidente. Ce matin, tout s'éclairait un peu plus pour elle. Lorsque la fille avait incité le blond à se détendre, elle avait senti qu'un combat se livrait dans sa personne. Peu de temps après une phrase lancée avec retenue, une foule d'autres avaient déboulé de la gorge puissante dans un désarroi émouvant.

Au début du monologue, Carole avait pensé arrêter le garçon, mais elle l'avait finalement laissé vider son sac. Après en avoir fini, le gaillard s'était écroulé en larmes. Il en était maintenant à l'apaisement, appuyé sur l'épaule de sa confidente.

« Tu vas garder ça pour toi, hein Carole; t'en parleras à personne.
- Non seulement j'en parlerai pas, mais je te remercie Borden. »

Le garçon leva la tête et la regarda droit dans les yeux sans comprendre vraiment.

« Tu m'dis merci... pour t'avoir braillé dans'face.
- Oui, oui, t'as bien entendu... Fallait que tu m'fasses joliment confiance pour me mettre au courant de ta vie comme ça. »

La fille s'approcha et posa un doux baiser sur le front fiévreux.

« Borden est fatigué, Carole. »

Le garçon imposant se recoucha. Celle qui l'avait écouté le borda confortablement en lui caressant la tête quelques instants. Elle alla s'asseoir ensuite au coin du feu et fredonna une chanson douce. Le grand enfant apaisé s'endormit dans ses soupirs.

82

Des mains agiles et chaudes s'activaient sur les épaules et le cou entraînant au rythme de leur mouvement, des respirations de bien-être. Sous le regard observateur de François, une femme longiligne massait Bonita assise à l'indienne .

« Tu vois la manière dont je m'y prends. Lorsque le travail sera engagé, tu lui referas la même chose. »

Marie Beauséjour était sage-femme. Son port d'attache était Saintt-Jean-de-Matha. Originaire de Saint-Michel, elle tenait de sa grand-mère ce goût pour la délivrance des femmes. On avait très mal vu qu'elle recommence, quelques années auparavant, une pratique jugée dangereuse au nord Matawinie. Pour cette raison, la belle femme au regard doux avait dû s'expatrier plus au sud où la tolérance et l'accueil étaient plus grands face à ce métier qui peu à peu regagnait ses lettres de noblesse. Occasionnellement, les femmes enceintes des villages du Nord faisaient appel à ses bons soins, et la relation qu'elles créaient durant l'accompagnement de la grossesse menait à des accouchements sans problèmes. Marie Beauséjour choisissait cependant les futures mères avec soin. Les femmes à la santé chancelante ou ayant mis au monde avec difficulté en institution se voyaient orientées vers l'hôpital de Joliette, avec explications à l'appui. La sage-femme avait axé sa pratique sur deux avenues. L'étude de méthodes d'accouchement ancestrales chez des peuples divers, et les expériences relatées dans le journal de son aïeule, Jeanne Richard.

Toute jeune, son ancêtre l'avait profondément marquée. Lorsqu'elle se remémorait ses primes années, Marie avait souvenir des départs impromptus de sa grand-mère qui allait porter assistance à une voisine ou à la femme d'un fermier du fond de quelque rang des alentours. Son livre de chevet favori décrivait chacun des accouchements auxquels Jeanne Richard avait participé dans ses quarante ans d'aide aux femmes de Matawinie. Ce livre, qui lui avait été offert avec d'autres objets et dont elle prenait un soin jaloux, la remplissait de fierté.

Combien de fois avait-elle lu ce manuscrit pour y puiser son expérience ? À chaque lecture elle en était retournée intérieurement. Comment une femme pleine de confiance avait-elle pu, avec des outils limités et des connaissances dépourvues de toutes théories savantes, mener autant d'enfants à la vie avec allégresse et bonheur ? C'est habitée de tous ces acquis que Marie exerçait son service, comme elle l'appelait. Elle avait aussi assisté deux ou trois autres accoucheuses durant une période de deux ans avant de voler de ses propres ailes. Sa réputation grandissante faisait augmenter la demande, si bien que les disciples d'Esculape essayaient de semer chez leurs patientes le doute à son égard.

Dans son accompagnement, qui commençait la plupart du temps aussitôt la grossesse connue,

Marie était très appréciée, surtout à cause de l'amour et de la douceur dont était imprégné chacun de ses gestes. Lorsque Bonita l'avait contactée, sur le tard, Marie avait émis quelques réserves, mais une rencontre, où elle avait été mise au courant de la préparation du couple du chemin Cantin, l'avait convaincue d'accepter l'invitation.

Marie Beauséjour avait été surprise par l'assurance et la sérénité des futurs parents, face à la venue d'un enfant; d'autant plus que le lieu où ils habitaient n'était pas des plus accessibles. Mais Bonita s'était révélée tellement persuasive et connaissante sur l'accouchement que Marie se sentait presque superflue. Sensation bizarre pour elle, plus habituée d'apaiser et de calmer les appréhensions, qu'au rôle de spectatrice. Dotée d'une bonne capacité d'écoute cependant, la femme avait l'impression d'en apprendre beaucoup, et elle acceptait de n'avoir qu'à visionner la pièce sans avoir de rôle significatif à jouer.

À quelques occasions, elle avait questionné Boni, parfois trop sereine. Chaque fois la femme du chemin Cantin l'avait troublée par ses réflexions; si bien que maintenant, la sage-femme était assurée de vivre une expérience enrichissante lors de la venue de l'enfant sauvage de Saint-Zénon.

83

Le gros pick-up rouge acheva sa montée vers la maison du haut de la côte projetant un nuage de neige lorsque ses roues cessaient de mordre. Du sable étendu aux endroits stratégiques facilita la tâche au véhicule dont les occupants débarquèrent après avoir stationné. Un animal enjoué sauta de la boîte au même moment et se mit à courir çà et là.

« Va pas trop loin, Chicane ! Borden pis Carole vont r'venir t'à l'heure. »

L'animal sembla comprendre puisqu'il se lança, après une brève hésitation, à toute vitesse, vers le bois. Lorsque François aperçut les visiteurs, il se dirigea vers la porte pour les accueillir.

« Salut, comment ça va, Carole ?
- Ça va très bien, répondit la serveuse, d'excellente humeur.
- Toi, mon Borden... pas de trouble avec la chienne ?
- Non, non, monsieur François, une ben bonne bête, c't'une bonne bête que vous m'avez donnée là... »

Tous allèrent s'asseoir à la cuisine où Boni se berçait tranquillement.

« Quel bon vent vous amène ? questionna la femme au gros bedon.

- J'ai pas mal de temps à moi depuis que j'ai été slaquée du restaurant, dit Carole; j'en profite pour me promener, surtout par une belle journée comme aujourd'hui.

- Comment sont les chemins ? s'enquit François.

- Pas pires pantoutte, y'ont étendu d'la gravelle, c'est pas trop coulant, opina le grand blond.

- Tu dois avoir hâte d'accoucher, lança Carole à Bonita, bien adossée à son gros coussin.

- J'me sens pesante un peu, fit dans un rire la femme aux cheveux noirs.

- Georgette pis mononcle Brod sont partis dans un jamboree de ski-doos, c'est moi qui m'occupe des dépôts », dit fièrement Carole.

Les regards approbateurs de François et de Bonita ajoutèrent à la mine satisfaite de la jeune femme.

« Ça te tente-tu d'aller dehors ? » demanda François à Borden.

Tous deux se retrouvèrent à l'extérieur. François raconta à son compagnon comment il s'était établi au chemin Cantin. Il lui parla aussi de l'élevage de chiens, de l'hécatombe du début de l'hiver. Borden écoutait, triste et admiratif. Il rendit compte à François de ses réussites avec la belle chienne au poitrail crème.

« Chicane, viens ma belle Chicane. »

Aussitôt la phrase criée, la husky sortit du bois de sapins et vint rejoindre les deux hommes, l'haleine fumante, comme pour appuyer les dires de son maître.

« Si vous voulez, ma première portée, monsieur François, j'vous la réserve.

- En quel honneur...? questionna le grand barbu.

- Parce que Borden trouve que vous êtes correct, vous êtes un bon diable. »

Le compliment fit sourire François.

« Vous rappelez-vous quand vous m'avez donné Chicane ? continua le garçon.

- Oui, oui, apparemment que ton boss t'avait payé la traite après.

- Monsieur François, vous pouvez pas savoir... c'te chienne-là m'a sauvé la vie. »

Les deux hommes continuèrent leurs confidences. De temps à autre, une tape dans le dos trahissait une familiarité et la naissance d'une complicité nouvelle.

84

« Hé qu'c'est beau, on dirait que ça grouille de partout. »

Bonita écoutait amusée les propos de Carole Champagne. La fille, curieuse, tâtait de ses longues et fortes mains le ventre à la peau étirée.

« Y est-tu drôle, le nombril, comme le ti-boutte de doigt de Yoland Cantara. »

Les deux femmes se mirent à rigoler des malheurs notoires du boucher, qui avait perdu la plus grande partie d'un index lors d'une coupe imprudente.

« J'ai hâte, Bonita; moi aussi j'ai hâte d'être enceinte, fit Carole rêveuse.
- Ce serait pour quand ? »

La nièce de Brod ne répondit pas à la question.

« Borden et toi, comment ça va ? continua la femme au gros ventre.
- C'est sérieux, j'pense... J'espère en tout cas.

- Au début, ça avait pas l'air parti pour ça, remarqua Bonita.

- Non, j'me sentais un peu comme sa mère, mais ça a changé ces derniers temps. L'autre jour, y m'a conté des affaires. J'te dis, t'en croirais pas tes oreilles... Borden, c'est quéqu'un. »

Bonita comprit que sa jeune compagne était en train de tomber en amour.

« J'suis contente pour toi », la félicita-t-elle.

Les deux femmes continuèrent à catiner ensemble pendant que les hommes faisaient leur tour à l'extérieur.

85

La neige tourbillonnait dans les sous-bois, à peine visibles de la grande fenêtre de la maison du chemin Cantin. La chaude demeure craquait périodiquement sous les vents violents qui l'assaillaient de partout..

François observait la nature démontée en s'étirant. Il songeait à la nuit d'insomnie qu'il venait de passer. Bonita avait beaucoup bougé, sans toutefois lui parler. L'homme savait que sa compagne allait bientôt se délivrer. Sans doute dormait-elle, en cette matinée, pour récupérer. Il souhaitait que la femme retarde un peu, même s'il avait hâte de vivre avec elle cet accouchement. Le temps qu'il faisait à l'extérieur le rendait soucieux. Il entendit bouger à l'arrière de la maison. Quelque temps après, Bonita apparut en se tenant le ventre. Elle lui fit sourit, mais à la crispation de son visage, François comprit que le travail allait commencer.

« Pourrais-tu descendre au village appeler Marie, ça s'en vient. »

François Berger s'habilla, donna un baiser à sa compagne et se retrouva dehors. Sitôt la maison contournée, l'homme s'aperçut qu'il ne pouvait se servir d'aucun véhicule, embourbés qu'ils étaient dans la neige qui avait rafalé une bonne partie de la nuit. Il passa devant eux et prit le chemin du village en sautant les lames de neige qui obstruaient le passage tous les quatre ou cinq mètres.

François Berger marchait de toute la vitesse de ses jambes musclées malgré le vent qui s'acharnait contre lui. À mesure qu'il avançait, une foule d'idées lui traversaient l'esprit. Il se demandait si une fois les quelques kilomètres du chemin Cantin franchis, il pourrait arrêter un véhicule pour faire route jusqu'au premier téléphone. Le cas échéant, serait-il possible de joindre Marie, pourrait-elle se rendre à Saint-Zénon? Il arriva au chemin Brassard à peine quelques instants après avoir entendu un bruit de moteur. Il constata qu'une déneigeuse venait d'y passer, puisque le chemin était débarrassé de neige. Comme il n'y avait aucune circulation, l'homme se mit à courir en bordure de la route. Il arriva quelques minutes plus tard à la première maison et s'y arrêta. Une vieille dame lui ouvrit la porte non sans avoir un peu hésité.

« Excusez-moi, madame, est-ce que je pourrais me servir de votre téléphone? Ma femme va accoucher. »

La femme lui montra l'appareil, François se précipita et composa le numéro de Marie Beauséjour; une voix masculine lui répondit. L'homme du chemin Cantin apprit que la sage-femme se trouvait à Saint-Michel depuis la veille. Il composa le nouveau numéro et joignit Marie. Elle lui demanda de passer la chercher en lui donnant ses coordonnées. Le récepteur posé, François Berger resta un instant immobile, puis il décrocha à nouveau. Il composa plusieurs numéros avant de se retrouver chez Brod Champagne où la voix connue de Borden lui répondit.

« C'est François Berger, Bonita va accoucher, j'aurais besoin de quelqu'un pour aller chercher la sage-femme à Saint-Michel. »

Quelques instants plus tard, il retourna à la porte, se planta là, nerveusement, en fixant des yeux la route en direction Saint-Zénon.

86

Borden, sans perdre un instant, prit le trousseau de clefs déposé près de l'entrée et se retrouva à l'extérieur. Il ouvrit la porte du garage. Un banc de neige de presque un mètre bloquait la sortie, mais comme le bâtiment donnait sur le trottoir, le gros gars monta à bord et, en enfonçant l'accélérateur, se retrouva sans peine dans la rue. Le cliquetis des chaînes se fit entendre aussitôt que le camion se fut engagé en direction de Saint-Michel.

À peine arrivé sur la rue Principale, le gaillard constata combien la visibilité était mauvaise. Il remarqua cependant que le chemin était relative-ment dégagé, et il se retrouva en un rien de temps à la sortie du village. La neige tourbillonnante et les chaînes qui chaussaient les larges pneus du véhicule ralentissaient son allure, mais Borden estima qu'il se rendrait à destination sans trop de problèmes. Quelques kilomètres plus loin, le blondin réalisa que les bancs de neige se faisaient de plus en plus rapprochés à mesure que la tempête se transformait en tourmente. Il arriva face à la demeure d'où François avait appelé. Il n'eut même pas le temps de klaxonner que l'homme se retrouva assis sur la banquette, à côté de lui. Berger lui fit un sourire forcé en enlevant son couvre-chef. Borden remarqua les cheveux mouillés de son passager. Le véhicule se mit rapidement en branle.

87

Bonita se promenait de long en large dans la maison, lentement, en prenant de profondes respirations. La femme sentit soudain comme un grand frisson, elle pensa que les contractions allaient commencer pour de bon mais, après quelques minutes, elle se rendit compte que c'était plutôt la température qui baissait. Elle se dirigea vers le poêle, se mit précautionneusement à genoux et prit quelques morceaux de bois. En se relevant, elle agrippa la poignée de fer forgé, ouvrit un rond et déposa les bûches en quartiers dans les tisons ardents. Peu de temps après, une nouvelle chaleur se dégagea et remplit la maison. Elle alla s'asseoir dans la chaise berçante et se mit à fredonner une chanson espagnole.

Depuis que François était parti chercher Marie Beauséjour, Bonita avait eu le temps de s'apercevoir que son camion était resté bien en place et que la voiture n'avait pas bougé elle non plus. La femme regarda la tourmente à l'extérieur. Une trentaine, Boni avait bien compté une trentaine de contractions, toute concentrée qu'elle était depuis la veille au soir. Mais la fréquence était si peu régulière qu'elle n'attendait pas la naissance du bébé pour les prochaines heures. Cette pensée la rassurait, même si quelques secousses, par leur force, l'avaient surprise.

La femme au gros ventre s'inquiétait un peu pour François qui était parti à pied. Elle souhaitait que l'homme ne se soit pas trop pressé, pour garder ses forces. La tempête semblait s'accentuer au fur et à mesure de ses réflexions. C'était la première fois, depuis son arrivée en sol québécois, que Bonita Regalado se trouvait confrontée à un blizzard de la sorte. Aussi loin qu'elle puisse remonter dans ses souvenirs d'hiver, aucune saison froide n'avait été le théâtre d'une bordée semblable.

88

Les deux occupants, le nez collé au pare-brise, tentaient de maintenir la trajectoire du camion à l'intérieur des balises délimitant la route. Heureusement, depuis Saint-Zénon, Borden n'avait croisé aucun autre véhicule. Pour cette raison, le gaillard zigzaguait afin d'éviter les lames de neige sans trop ralentir son allure. Ordinairement, selon la saison, on couvrait la distance entre les deux villages en une quinzaine de minutes, mais il semblait à François qu'une éternité s'était écoulée depuis qu'il était monté à bord du pick-up conduit par le grand blond. Une raideur avait commencé à s'installer le long de son échine, sans doute effet de la crispation. Suite à une manœuvre rapide de Borden, le camion donna de la bande et s'immobilisa. Son conducteur, sans paniquer, se mit alternativement en marche arrière, point mort, et marche avant, et réussit à se sortir de sa posture après avoir arraché plaintes et vibrations à sa monture sous l'effet des chaînes raclant le fond de l'ornière. Le camion reprit son périple à vitesse réduite.

« T'es-tu inquiet, Monsieur François ? risqua Borden à son voisin de banquette en gardant les yeux droit devant.

- Pas pire, mais j'ai hâte qu'on arrive là où on va chercher notre passagère. »

Les paroles semblèrent fouetter un peu le conducteur qui enfonça l'accélérateur. Le véhicule évita successivement plusieurs bancs de neige. Sans avertissement, il se retrouva dans la trajectoire d'une charrue qui le rasa de près. Le poids-lourd se ramassa dans le fossé, ayant arraché une section de garde-fou. François Berger plongea le visage dans ses mains un instant, puis il sortit du pick-up pour aller porter secours à l'occupant du camion accidenté. Le chauffeur sortit de la cabine en blasphémant. Les brèves explications de François Berger le calmèrent quelque peu et ils purent reprendre la route. Le chemin Brassard, un peu plus dégagé, permit aux deux hommes de parvenir à destination, d'y cueillir une Marie Beauséjour fort anxieuse, après une si longue attente. La femme à peine installée sur la banquette entre les deux hommes, le camion s'ébranla en sens inverse.

« J'ai eu peur que vous ne réussissiez pas à vous rendre, dit la sage-femme essoufflée.
- On est passés proche », confirma François Berger en racontant les dernière péripéties.

Puis Marie se renseigna sur l'état de Boni au départ de l'homme des bois. La tempête continuait à faire rage. Il y avait maintenant plusieurs heures que cela durait. L'homme du chemin Cantin avait cessé de parler le temps de permettre à Borden de parcourir une partie du village de Saint-Michel. Le gaillard arrêta le pick-up à la dernière station-service pour emplir son réservoir. Le préposé sortit du garage en courant, emmitouflé comme un Inuit. Pendant qu'il faisait cliqueter la pompe, François Berger passa à l'intérieur, histoire de s'informer de l'état des routes. Il en ressortit quelques instants plus tard et se retrouva à côté de Borden et Marie.

« Impossible de continuer, fit-il. Y'a plus rien qui circule, même pas les déneigeuses ! »

Borden se mit à grommeler comme un gros ours en cage tandis que la sage-femme restait muette.

« Venez en-dedans, on va en savoir plus long », dit François.

La femme sortit du camion en emportant avec elle son sac fourre-tout, tandis que le grand blond garait le pick-up.

89

Le propriétaire de la station d'essence donnait et recevait des informations. Son téléphone ne dérougissait pas. Il agissait tel un agent de liaison en plein cataclysme. Ainsi il était au courant du fait que Louis Coutu, engagé de la voirie, avait pris le clos entre Saint-Zénon et Saint-Michel! Collé à son C.B., il avait capté la communication destinée à la municipalité. L'homme savait aussi qu'un accouchement se préparait dans un rang. François Berger n'écoutait guère ses propos, il tournait en rond. Il s'exclama :

« Aidez-moi, quelqu'un, c'est ma femme qui va accoucher, faut que j'aille la rejoindre ! »

L'homme au téléphone enleva le récepteur de son oreill, interloqué.

« Le ski-doo... c'est la seule manière de se rendre ! », lâcha-t-il.

La phrase sembla ranimer François, qui se tourna vers Marie Beauséjour. La sage-femme débrouillarde acquiesça du regard.

« Qui a une motoneige proche ? » s'informa Berger de plus en plus fébrile.

Après que le commerçant lui eut offert sa machine en lui tendant un casque, et que l'accoucheuse eut revêtu quelques doubles, les deux enfourchèrent le pur-sang des neiges. La femme appuya la tête sur le dos de François, cherchant sa respiration à l'abri du vent. Elle enserra vigoureusement la taille de l'homme, qui démarra en trombe vers Saint-Zénon. Malgré tout son bon vouloir, alors que la motoneige aurait pu aller beaucoup plus rapidement, François Berger constata que la texture, l'épaisseur de la neige et la visibilité ne lui permettraient pas de se rendre plus vite au chemin Cantin qu'à l'aller. Il commença à désespérer d'arriver à temps pour participer à la naissance de son enfant. L'homme se résolut à modérer l'allure, après avoir entendu les plaintes de sa passagère qui absorbait choc sur choc, à l'arrière, lorsqu'il franchissait un obstacle à bonne vitesse. Résigné, il arrêta son véhicule et se retourna :

« Je modère, Marie, on gagnerait rien à   aller se tuer, on arrivera quand on arrivera...»

La sage-femme le regarda et fit plusieurs signes de tête, emmitouflée jusqu'aux yeux dans son passe-montagne.

90

Plus le temps filait, plus les contractions se rapprochaient. Bonita commença à penser qu'elle accoucherait seule. Le temps, à l'extérieur, ne laissait présager rien de bon. Le vent avait modéré un peu son intensité mais presqe un mètre de neige avait dû tomber, estima-t-elle en regardant le chemin Cantin par la fenêtre. Elle se dirigea vers le poêle, sur lequel un chaudron d'eau bouillait, et y plongea une paire de ciseaux, puis elle se rendit dans sa chambre chercher une pile de couvertures. La femme remplissait ses poumons lentement, de façon régulière. Elle prit une bouteille d'huile au passage dans la salle de bain.

De retour à la cuisine, elle s'agenouilla près de l'antre de chaleur et disposa ses pièces de lainage les unes par-dessus les autres pour se faire une couche. À portée de main, elle mit un drap blanc sur lequel elle déposa sa fiole d'huile. Elle se releva ensuite, alla quérir plusieurs morceaux de bois et les plaça à proximité. La femme remplit aussi une bouteille d'eau, et ramena plusieurs taies d'oreiller. La chaleur du poêle la réconforta. Bonita s'agenouilla de nouveau et se mit doucement à fredonner une mélopée. Les contractions venaient maintenant à un rythme régulier. Elle se releva pour chercher les ciseaux qu'elle mit sur le drap, ainsi qu'un plat rempli d'eau chaude. La jeune femme se retrouva à nouveau à genoux et remonta sa jaquette jusqu'au nombril. Elle prit alors la fiole d'huile et s'en versa dans les mains. Peu après, elle ressentit une décharge électrique au creux du ventre. C'était là sa contraction la plus forte. Bonita fut encouragée par la secousse parce qu'elle sentait que sa grossesse arrivait vraiment à son terme. Elle continua à se concentrer sur sa respiration, tout en introduisant l'index et le majeur dans sa cavité vaginale. Elle poussa les doigts jusqu'au fond pour vérifier le col de son utérus et constata, joyeuse, qu'il était mince et entrouvert. Cette observation l'assura que sa délivrance était proche, ce qui ajouta à sa détermination. Elle eut au même instant une pensée pour son homme qui devait se démener comme un diable dans l'eau bénite pour venir la retrouver, accompagné de Marie Beauséjour. Sa vision s'embrouilla à cause du liquide qui s'accumulait autour de ses yeux, mais une nouvelle poussée la ramena à son travail. Ses genoux commençaient à être endoloris et ses membres inférieurs s'ankylosaient. Bonita s'aperçut en se passant une main sur le front, qu'il était garni de gouttelettes de sueur. Elle s'épongea, prit de l'eau et en but une gorgée bienfaisante. Elle prit appui sur une chaise et se releva pour aller marcher dans la pièce. Au bout de quelques instants, elle sentit la circulation reprendre dans ses jambes. Elle bougea lentement le haut du corps de gauche à droite, ainsi que ses bras, pour se dégourdir. Dehors, aucun signe de vie. Que la neige et le vent tourbillonnant. La température, à l'intérieur, semblait baisser. Bonita bourra à nouveau le ventre du poêle, puis, à quatre pattes, regagna sa couche. Maintenant elle se sentait prête à livrer son poupon. Une image passa dans sa tête tel un éclair, celle de ces statuettes sud-américaines de femmes accroupies, avec une tête émergeant du vagin. Un liquide rosé se répandit le long de ses jambes. Elle s'essuya avec des linges propres, aspira une bouffée d'air et, aussitôt qu'elle sentit une nouvelle secousse, poussa tant qu'elle put. Après plusieurs autres poussées, elle éprouva un écartèlement à l'intérieur. Elle pensa dès lors que la tête de l'enfant avait passé le cap du col. Une douleur lui parcourut le bas-ventre.

Bonita respira à quelques reprises et se releva encore une fois. Elle se dirigea vers la porte extérieure, l'ouvrit, glissa la main dans un sac accroché près de l'entrée, et en sortit un objet qu'elle ramena sur son lit improvisé. Boni faisait silence, essoufflée. Elle enleva sa jaquette et se graissa une fois de plus les mains pour un autre examen vaginal. Une boule se noua dans sa gorge, ses yeux se remplirent d'eau et ses joues en furent inondées : elle touchait une chevelure et un petit crâne mou.

La sensation la chamboula de la pointe des orteils jusqu'à l'extrémité des cheveux. Elle prit encore de l'huile et s'en enduisit généreusement le bas du corps pour distendre un peu plus sa peau. Les secousses venaient avec force et régularité. La femme sentait à chaque poussée le petit être descendre dans son couloir vaginal. Elle s'essuya les mains soigneusement en respirant profondément, et s'accroupit cette fois sur la pointe des pieds. Elle appuya ses mains sur les couvertures vers l'avant, écarta les jambes au maximum en penchant la tête pour voir ses grandes lèvres entrouvertes. Après trois ou quatre autres contractions coordonnées de ses abdominaux et de son utérus, le crâne apparut. Les cheveux foncés ne surprirent guère Bonita qui se mit à rire nerveusement en poussant une nouvelle fois. Son visage rougi et ses yeux exorbités témoignèrent des derniers efforts. Une fois encore elle s'arc-bouta et, dans un cri, accueillit l'enfant dans ses mains.

Le calme revint dans le chalet aussitôt. Plus de bruit du travail admirable, que quelques sanglots. Les larmes ruisselaient comme la sève sur l'écorce des érables par une chaude journée printanière. La femme se coucha tendrement à côté du petit être, l'entourant de la chaleur de son corps comme pour recréer la douceur utérine. La petite créature se mit à hurler au même instant pour marquer son entrée dans le monde des sons, au creux de l'amour de sa mère.

91

La sage-femme, fatiguée, poussa une nouvelle fois la motoneige par les guidons tandis que son compagnon levait l'arrière. L'engin sortit du trou qu'il venait de se creuser, pour s'embourber à nouveau. La rage monta à la gorge de François Berger. Il se mit à crier des injures au véhicule devenu inutile.

« Maudite machine ! On peut pas se fier à rien aujourd'hui ! »

L'homme des bois voyait rouge. Il se sentait pris comme un loup-cervier dans un collet. Marie Beauséjour, découragée, s'était assise sur le siège et reprenait son souffle. Depuis leur départ de Saint-Michel, ils avaient à peine parcouru cinq kilomètres. La femme se mit à penser tout haut pour que son compagnon entende ses réflexions.

« On peut pas continuer, on va s'épuiser et se geler jusqu'à l'os. »

En entendant ces paroles, l'homme des bois se mit à pleurer en tombant à genoux dans la poudreuse. Quelques instants plus tard, Marie

Beauséjour se releva et alla le consoler. Quand elle le prit par l'épaule, elle remarqua qu'il grelottait fortement.

« Laissons le ski-doo sur place et allons nous reposer », fit-elle à l'homme dépité.

Les deux naufragés dans la tourmente partirent à pied, lentement, à la recherche d'un asile pour refaire leurs forces avalées par la tempête.

92

Suite à un bain chaud, à un bon repas et à deux heures de sommeil l'homme des bois sortit du lit comme une fusée. Il venait de faire un cauchemar terrible. Dans son rêve, Bonita se noyait dans le lac d'Argent en plein été, sous ses yeux, sans qu'il ne puisse rien y faire. La gorge serrée et le souffle court, l'homme se rendit dans la cuisine de l'habitant qui l'avait accueilli près du lac Kaïagamac.

Marie Beauséjour, couchée sur le divan du salon, ne bougea pas un cil malgré le bruit que le gars avait fait. Tous deux étaient seuls à l'intérieur. François Berger pensa que son hôte devait être allé nourrir ses bêtes aux bâtiments. Il prit ses vêtements mis à sécher préalablement à l'arrière du poêle, griffonna un message sur un bout de papier et sortit. Il chaussa les raquettes posées sur le perron et s'engagea sur le chemin. La neige avait cessé. Seules quelques bourrasques se manifestaient à l'occasion. Il lui sembla qu'il faisait beaucoup plus froid. La poudrerie, qui s'élevait dans le ciel, voilait périodiquement les poteaux électriques entre lesquels il se déplaçait lestement. Il calcula qu'il lui restait trois ou quatre kilomètres à parcourir avant de retrouver sa Boni au chemin Cantin. Cette pensée l'enhardit; quelque chose lui disait, en son for intérieur, que la femme avait réussi à bien se tirer d'affaire.

La croûte avait commencé à se former sous l'effet du vent glacial, ce qui rendait sa marche de plus en plus facile. François songea à abandonner ses chaussures à neige, mais il pensa au chemin abrupt dans la forêt et à la neige encore plus épaisse. Il les garda. Il pensa aussi aux charrues et aux souffleuses qui devaient s'activer entre Saint-Zénon et Saint-Michel. Plusieurs heures seraient sûrement nécessaires pour rendre les routes praticables après cette tempête mémorable.

93

Après quelques minutes de répit, Bonita, fière de son coup, se mit à laver la petite créature en l'observant sous tous ses replis. Agenouillée par terre, à côté du paquet immobile, elle se pencha pour le sentir. L'odeur inconnue était agréable. Le petit être fut débarrassé en un rien de temps de la couche blanchâtre qui lui recouvrait le corps. La femme, précautionneusement, lava autour de l'ombilic. Les cris de l'enfant se firent plus insistants, et la femme se dépêcha de finir de le débarbouiller. Elle prit ensuite une épingle à linge, en pinça le cordon ombilical le plus près possible de la peau du ventre du poupon. D'un mouvement, rapide elle saisit la paire de ciseaux et sectionna le dernier lien physiologique qui les unissait. Un curieux sentiment l'envahit, comme si elle mettait fin à une étape privilégiée de sa vie. Aussitôt que le poupon fut libéré, elle mit une robe de chambre sur ses épaules et alla s'asseoir sur la berçante. Elle colla le nez du petit être sur son sein chaleureux. Les gémissements de l'enfant cessèrent immédiatement. Le bébé, après quelques sons d'agacement, trouva la bonne manière pour faire couler le colostrum. Bonita prit une gorgée d'eau et se mit à travailler les muscles de son abdomen, telle une danseuse du ventre. Au même moment, tandis que la succion du poupon déclenchait d'autres spasmes utérins, elle sentit le placenta se décrocher. Prenant le cordon entre ses doigts, elle tira pour se délivrer du placenta qu'elle déposa entre ses jambes.

La tétée fut de courte durée, la femme ferma les yeux en serrant le nouveau-né sur son cœur, et se mit à chanter en oscillant lentement sur les berceaux de son trône de nourrice.

94

François Berger volait presque sur la neige durcie. Il ne restait pas plus d'un kilomètre à parcourir avant de retrouver son foyer. Si son visage barbu couvert de glace lui donnait l'allure d'un fantôme hivernal. L'homme sentait son domicile tout proche. Il allongea encore le pas. Il aperçut au loin la cheminée qui fumait, c'était là une vision rassurante. Il pensa que la naissance avait tardé, que Marie Beauséjour pourrait finalement les accompagner. Il continua en silence son chemin. Près de la calme maison, François se surprit à imiter la nature qui, curieusement, s'était tue depuis qu'il avait pris pied sur le chemin Cantin. Il enleva avec précaution ses raquettes et se présenta à la porte. Apercevant Boni immobile sur sa chaise, il entra sans attirer l'attention.

Ses premières observations le glacèrent d'horreur, son regard fut d'abord attiré par la vue du sang et d'une masse immobile entre les jambes de Bonita. L'image le prit au cœur, il regarda le visage de la femme qui semblait serein, béat même. En observant la scène une autre fois, il s'aperçut qu'elle serrait quelque chose dans ses bras, sous son vêtement.

« Bonita », risqua-t-il.

La femme ouvrit les yeux, rayonnante.

« C'est toi, François... Viens voir ta fille, mon homme, viens voir comme elle est belle. »

François Berger frissonna de haut en bas. Il s'approcha pour voir le cadeau de la vie, livré par la femme qu'il aimait. Il posa le bout du doigt au creux de la main de la petite créature endormie qui sursauta à cause de la froideur de son index. L'homme des bois, immobile, contempla son enfant de longs instants. Bonita lui prêta le poupon avant de s'occuper du placenta et d'aller se faire une toilette. François habilla le bébé et alla le déposer dans son berceau qu'il ramena à la cuisine.

95

Le soleil se leva sur le gazouillis de la rivière. La journée s'annonçait radieuse en Matawinie. Le déjeuner fumait, emplissant la maison d'odeurs appétissantes. Bonita arriva dans la pièce avec le bébé dans les bras. La jeune femme, dans son peignoir, s'installa à la fenêtre, sur l'éternelle berçante. Le brouillard matinal se dissipait peu à peu sous les rayons chaleureux. Bonita Regalado croisa ses jambes pour prendre une bonne posture, sortit un sein tout en détachant sa ceinture. Son mamelon brunâtre disparut, aspiré par une bouche gloutonne. L'homme des bois s'assit sur une chaise près d'elle pour l'observer dans son geste d'amour maintes fois répété. Bonita appuya la tête sur le dossier pour permettre au soleil d'inonder son visage. François allongea le bras et caressa la tête aux cheveux ondulés qui tétait ardemment, les yeux tout grand ouverts.

Dès que le déjeuner du nouveau-né fut terminé et qu'il fut installé confortablement dans son berceau, le couple du chemin Cantin se mit à table à son tour. Après s'être rassasiés, ils sortirent et se mirent à transporter des sacs de toile qu'ils disposèrent à l'arrière du camion, sur des balles de paille.

Les sons de la forêt et de la rivière enjolivaient la matinée. Leurs éclats de rire se firent entendre dans la clairière. Les visages heureux de l'homme et de la femme resplendissaient. Les deux amoureux s'allongèrent sur la galerie de bois encuillerés l'un dans l'autre pour paresser au soleil vivifiant de mai.

Une heure plus tard, Bonita se pencha sur l'enfant endormi et le sortit de son berceau. Peu de temps après le camion s'ébranla avec ses trois occupants en direction du village de Saint-Zénon qu'il traversa lentement. À quelques kilomètres de la sortie sud du patelin, contourné le lac St-Louis, leur véhicule s'engagea sur une voie qui serpentait sur un chemin abrupt dans la montagne. Arrivés en haut, sur un cap rocheux, François et Boni sortirent de leur véhicule pour aller admirer le tapis verdoyant qui s'étendait à perte de vue. La vision de ce pays magnifique, qui faisait partie d'eux-mêmes, les remua. Bonita scrutait le panorama saisissant que lui offrait le point de vue laurentien. Cheveux au vent, le couple contempla longuement l'horizon.

Des cris stridents les interrompirent dans leur contemplation. François se dirigea vers son enfant qu'il sortit amoureusement de la cabine du camion.

96

On était aux dernières lueurs rosées du jour. Le soleil disparaissait derrière les montagnes, tandis que la pleine lune, déjà visible à l'opposé, inondait l'horizon de son halo lumineux. On voyait s'allumer une à une les étoiles, à mesure que l'obscurité remplaçait la lumière pure de la journée.

Bonita Regalado, couchée sur son lit composé d'une généreuse couche de paille sur laquelle étaient disposées une bâche et plusieurs couvertures, observait le ciel envoûtant. François Berger arriva avec un sac qu'il déposa tout près. L'homme mit le feu à un tas de branches mortes ramassées aux alentours. Les rainettes, entonnant leur sérénade, se joignirent au crépitement du brasier. François tendit la main vers Boni qui alla le rejoindre près du feu. Avec précaution, il sortit du sac le papouse qu'il avait terminé récemment. Bonita observa, ravie, le sac à bébé, en cuir, confectionné par son homme. Elle enlaça François avec amour et l'embrassa tendrement.

Tous deux allèrent chercher l'enfant endormi et le glissèrent dans le sac à la lueur du feu. L'homme des bois entonna un chant amérindien appris tout jeune. Il prit le papouse, l'éleva vers la lune comme pour le lui offrir. Le hululement de la chouette consacra le rituel; la nuit reprit ses droits sur l'oasis de Matawinie.

FIN

• Cap-Saint-Ignace
• Sainte-Marie (Beauce)
Québec, Canada
1995